訣離

Miss Mom
Forever

記

鍾文音

著

我一生中唯一經歷

不變的愛・情

是母親

其次，才是文學

目 錄
CONTENTS

輯 I

訣離記

天總算亮了

這種痛苦，是寫不出來的
但為何，我還是寫了
因為不寫更痛苦
以前母女相剋
最後母女相依

從此不再
追問細節。這是情有可原的
病榻人生，連死神也掉淚的
苦痛。旅程
走到了盡頭

夢中聽見聲聲叫喚
叫喚大地獄
望鄉臺上有不肯
忘鄉的魂
不喝孟婆湯的
婆，泣血偷摘
彼岸花

他們說我學佛，不能哭
他們說我學佛，要捨得
他們說我學佛，不執著
他們說我學佛，要吃苦
他們說我學佛，不念舊
他們說我學佛，過去不留
他們說我學佛，活在當下
我佛慈悲，知我，學不了

不了難了未了
於是派母親臥上時間之床，歷練這執頑女兒
於是曾經，整個娑婆世界都微縮成一間愛的閉關之所
於是曾經，整間母親病愛之屋都是女兒的無常演練場

漫長的暗夜
總是會翻頁
天
總算
快亮了

虎媽與貓女兒

我本可以容忍黑暗
如果我不曾見過太陽
然而陽光已使我的荒涼
成為更新的荒涼 　　　　　　　　　　——艾蜜莉‧狄金生

虎媽已如庫存網頁
貓女兒是搜索引擎
以流刺網的記憶撒向
這愛苦之海

它，疾與病，躡手躡腳地突襲，漫長
駐足，然後才願意，躡手躡腳地再次
離開，彷彿在時間的長廊裡，不曾
存在，只留下揮之不去的，刀刺的
記憶，等著被淨空。經過最黑最暗的
無盡的，反覆的傷害
如運載傷害的砂石車
輾過一回又一回
終於停下薛西弗斯

的巨石，徒勞的反覆

神蹟已寫在呼吸上，浪潮
接著浪潮，直到最後
穿過異旅異地般的傷口
土地，膿與血，腥屎腐
菌躲成瘡，餵養岌岌肉身
枯骨如乾涸的落葉，七年踩空
的靈魂，即將放手，彼此都要
放，那焦慮過刺心過痛楚過震撼
過的一切，捨報還報
給天給地，給母土
大地真落得一片
空茫

沒有裝臟的空心菩薩
沒有開光的木刻偶
很多年後，我才知道佛菩薩雕像
裡面要裝臟，沒有器官的臟器需要
置入水晶琉璃珊瑚象牙硨磲金銀
七珍八寶，佛菩薩雕像不能空心

那時，我是空心人
現在，我是空心人
拜著，空心佛菩薩
也許，這空，也是禪

媽媽想要掙脫折磨
對這說不出口的死亡的渴盼
寫在女兒拜過的一個又一個的香爐
跪過的一個又一個坐墊，祈求佛菩薩
垂憐，銘記在助印捐款齋僧的
芳名功德路（錄），鸚鵡學禪，念
阿彌陀佛，念到連鸚鵡都可燒出
舍利了，媽媽還是在受苦，不離不棄
最最悲哀的電動床，時光在靠海的這間病房
長出了一張霉臉，連房子都要像傷口般清創
所有的燈都不亮，所有的眼淚都還諸大海
終於終於，在一個濃霧的冷日
飛來了，報死訊的喜
鵲

1

虎年到來，貓女兒變跳跳
虎，吃這個也痛，吃那個也疼
胸口壓石，開始預感媽媽的
離訣，來真的了。盛夏過後
秋風一起，喪傷如霧水瀰漫著
觀音山，像是度母的淚
烈冬之前，媽媽這回
來真的了，來真的了，不再是
放羊的虎媽，不再是
揚著七年無數張病危通知的
放羊孩子，原來妳
等著貓女兒寫出別送
才敢放心離去，妳要去當仙女媽媽前必須
知道貓女兒摘得狀元

終於，讀懂天語，我附耳說
媽媽請妳也安心
自此，我沒有妳也可以
好好的，活得好是我對妳的
必要承諾與對自己的承諾

實踐承諾並不容易，要抵抗
無法預料的現實衝擊與意志潰堤
或者懶散或者軟弱，或者任性或者誘惑
或者一切不管，都將使承諾成空
但妳的身教告訴我承諾
是承接與允諾
是懸命遺言

媽媽請妳放心，妳離世的
那一刻，我一定在妳的身旁
我一定不會錯過我們母女這一場戲的
謝幕時刻，絕不說安可，不說再見
但微笑看著妳，輕撫妳的臉頰，讓
熾燙的溫度滑過指尖，然後冷卻
然後我的嘴唇啟動念佛不斷，呼喊我們的佛
我們重承諾，何況佛語，必然憶佛念佛
必定見佛的承諾到來，就為這一刻
讓母親見佛的這一刻，女兒準備了兩個千日
直到浪潮退下，死亡不再咆哮

生死的分離時刻，這個無法
重返逆反的斷點，無法再死一次

的時刻，女兒一定在媽媽身旁
握住妳的手，把妳的手交給阿彌陀佛
從此幫媽媽嫁到佛國
（雖然妳一直遺憾沒把女兒嫁掉）
妳不必歸寧，但記得託夢給我，妳此去
如何。我們，等著佛允諾的龍華海會
再相逢

請原諒我，母親
我的阿娘阿母阿依，媽媽
自此，這世界舉目將再無
媽媽的身影了，貓女兒
沒有虎媽了，但為何女兒大悲
之後，流下了媽媽穿過看不見盡頭的
濃霧，終於走出漫漫長夜的喜淚
是那般高興我們母女一場的
離訣，訣離

2

原來。這才是最後一次寫妳了
我必須，打破不再寫妳的
承諾，只因這場戲的落幕
妳是我的唯一最佳女主角
只因，虛構的《別送》
原來，和真實的送別
是如此的不同

別送，預言，小說
千言萬語
只為下筆成真
讓媽媽按著女巫的筆墨
字跡前進，安寧地抵達死亡線
關於這一點是成真的
但我忽略的是情節可以預想
但悲傷來襲是難以提早寫下的
提早寫下的都只是擬想的

離訣，手記。哀悼，碎語
我學會新的斷點
使回憶的路徑難以追蹤

我學會新的斷句
屬於媽媽的長篇叨語就可以
佯裝成詩，屬於妳的史詩可以
入土為安，成無痛無感的死屍

3

原來小說是寫退潮的故事
退潮之後，暴露的一切
細節的細節，看似平靜卻洶湧的
散文是寫漲潮的，看不見的
看似洶湧實是平靜的
散文是原稿，小說是複寫
散文模糊沾粘，小說沾粘模糊

馬奎斯的小說雨季下了四年十個月又十天
媽媽的雨季下了七年一個月又二十八天
這真的是；最後
一回寫妳了
如要再寫妳
除非妳能
死而復生

4

我喜歡一個人
虎媽喜歡跟一個人
一個名叫貓女兒的人
於是我從一個人變兩個人
我結束我的單身。從此
開始，貓女兒和虎媽，一起
一加一　疊羅漢
不開悟也不解脫的羅漢
只求度過人世暗夜
的暗夜，直到我們都成
倖存者的指南
以淚血為經緯
沒有羅盤的受難記
指南，指出活著這齣戲
不由旁人，世界是
自己的

5

世足賽法國隊贏了，媽媽躺著
受苦。四年後，世足賽又來了
媽媽仍躺著
但將不再受苦了
七年光景
媽媽這回不再接受安可
安可曲換成安魂曲
這場戲準備落幕
我聽見夢中工人在切割組裝薄薄的木片
金漆著一間新厝，準備裝進媽媽這個未來佛
的新房，沒有甲醛沒有塑化劑
我叮囑他們要記得刻上
佛字，唯佛一字可解斯苦
即使媽媽已練就一身百毒不侵
大水不能溺的功夫

沒有歹戲
演再久都不會讓戲
拖棚，這是延長加碼賽
而不是拖棚

陪在不是我的路上
走到只有我的路上
我再也不喜歡一個人
但我最後還是一個人

這次媽媽真的要讓女兒
縱虎歸山了

我的日照時間終於比長照長
灰燼很瘦很瘦
是那般輕
卻是送行者唯一依存的重量

6

媽媽年輕時拿鋤頭
晚年喜歡喝拿鐵
女兒年輕時拿筆
希望一直喝墨水
到老，媽媽只關心墨水
能否可以化為財水
那一夜我附耳跟媽媽說
媽，查某囝出息了
在台上得獎時，我吐出媽媽的名字
媽媽從此可放下擔心我一事無成
的懸念，我們是仙女媽媽與狀元女兒
我大喊三聲，她微微側頭，聽到了
睜開能瞥見彷似一絲絲微光的眼皮
我有預感這一日不遠了
我早已寫下預言之書
下筆能成真的文字之
神，抵達

7

準備掛牆上的虎媽
將縮小成一隻壁虎
臥床七年，一心只想
求死，從此遇難可斷尾
求生，且有縮骨功，躲在
房間縫隙，叩叩叩
我的未來新鬧鐘
夢中有媽媽，我將賴床
遲遲不想
醒來

虎媽變壁虎，那麼微小
美麗花紋，停在黃昏秋日的
葉脈，媽媽把自身毀滅燃燒出的
光，照射在我的每個夜晚
的荒原，虎媽走了
貓女兒得學習上路
從此每天都是危險的
小心淚水小心
心
痛

8

死亡是不可能轉譯的
死亡是禪，不立文字
媽媽銘印我出生的淚水
我封印她死亡的淚水
媽媽入滅那一瞬間
我看到她的眼角溢出一絲淚光
像是在洪荒般的瞳孔裡
倒映出一幕幕的往事？

不是任何人都能說圓寂，因圓寂
不是死亡，是圓滿
就像不是任何人都能稱往生，因往生
不是死亡，是生往
佛國，傳說的淨土極樂
必須寂滅這娑婆
執念，生離死別
敲鐘了，在這擠滿回憶的病房
我失了魂，任愛的雷區炸毀

單身女兒只餘媽媽

訣離媽媽
離訣餘生
餘字
餘佛

9

降真香，香樹長於深山
人跡不到，雪襲霜虐
歲月積累皮肉俱爛，骨銷血涸
媽媽就是女兒的降真香，日久
淬鍊赤心，打造如鐵的女兒
好為她謝幕，送終

踏上安詳而悄然的死亡
愛上沒有痛苦的死亡
開悟者的死亡離我很遠
人生有悲欣交集
案上也有悲欣交集
弘一無煙火的最後墨筆
悲，生者猶在人間受苦
欣，覺者將花開成佛的欣
喜

10

報信者延遲多年才抵達這
潮濕發霉著一張悲苦容顏的
靠海居所,美麗如阿彌陀
經文描述的共命鳥
立在鐵鑄的陽台欄杆
鳥身幾乎有我半只手臂大
羽翼燦麗,目光如火盯著
燃燒熾燙的我。你來報信了嗎?
媽媽要離開了嗎?說著
我痛哭起來,大鳥像是回應我
搧動著翅膀,朝我振翅幾下
然後,往夕陽將消殞的黃昏飛去
灰燼或者涅槃?報信鳥翱翔旋轉幾圈
接著,飛向彩雲夕霞深處
我知道是時候了

就是這幾天了
報信者給出了隱喻
訣離在黃昏時刻
明暗交接的魔術時光

媽媽會躲進死神魔術師的箱子
然後消失

11

然後我對著
觀音山上的古老墳塚合十
觀音山慈悲收納亡靈
我雙手點燃手上的香對亡靈們說
我和媽媽在這間屋子住了這麼多年
我日日煙供迴向您們
也請您們保佑我的媽媽一路好走

等待報廢的身體等待回收的病房
自此，我將搬離這暫時借來的屋子
我對滿山錯落著很老很老的亡魂們說
不論到哪裡，不論身在何處
我都會祈福，點燃心香迴向您們
是您們見證這七年的所有哀傷日常
是您們陪我度日，如年
是您們助我母親自此將不再受
身心痛苦。我話才落地，四周滾動著
大風，山林群舞，百鬼夜行
我聞到不久前有農人鋤草修樹
空氣飄著植物受傷的氣味

融合著我手上的檀香沉香
我感到被允諾了
虎媽死期已到
貓女兒預知時至

12

窗前的所有蘭花竟至萎凋
花落人亡兩不知，花落
幾天前去媽媽晚年長住的那間老公寓
蘭花卻燦爛至極
彷彿要迎接老主人離開三千日
的靈魂歸來，迎我這個新主人的
即將入住
我的美麗陵寢老舊
等待難以都更的都更
這裡有列祖列宗
我將成祖祠管理員
代收天上的快遞
祖先們的訊息
空蕩七年的祖宗們
渴聞香火，他們知道即將歸返的
女兒，熟悉儀式
可以擔任饗宴陰間的總鋪師

13

睜眼，醒來耳廓灌進媽媽的呻吟
聲如浪如潮。媽媽還在，她沒有
趁半夜離開。這日早晨，媽媽又盪回
過去，我熟悉的日常配樂，苦痛的
呻吟，這使我錯以為媽媽暫時還不走了
報信鳥也許飛錯了人家？

我想還有時光去採買媽媽要穿去
見佛菩薩的衣飾，幾年前備下的那套衣服
已不合身了，媽媽如瘦瘦虎，她胖了一輩子
瘦身不成卻在最後幾年瘦成了一根樹枝
可穿下少女衣，鞋子也得換，小腿失肌如時髦
鉛筆腿，但腳板卻水腫如麵龜

報信鳥沒有飛錯人家，應是報錯時辰
而已，我看見臨終徵兆，死神在路上
無誤，只是還沒
敲門

14

我摸摸媽媽發燙的額，盤算還有時間
但得加快腳步。來到熱鬧街心
和貴婦與美少女們錯身，我滿腦子都是
死亡的壽衣。腦中閃過要買寬些，僵硬將使
身體需要更多空間。要買外套襯衫背心
圍巾長裙腰帶髮飾鞋子襪子相框
正韓版，商家櫃姐的詞彙遊蕩在每一件
被拿起的衣服，走在彷彿一起說好的
集體流行商街，和美少女們一起看著逛著
誰知道我的腦子將一排排的服飾翻轉成壽衣
我將把瘦身成功的媽媽打扮成美少女戰士
金光閃閃，桃喜紅紅
媽媽節儉，超過千元會心疼
NET全家福優衣庫佐丹奴，媽媽隔空
點頭

悼念的相片早已沖洗，獨缺框
一路沒買到，忽然想到得星雲創作年金時
獲頒一張獎狀，獎狀的金框閃亮
只消在媽媽的照片背後寫上祈福語，然後
放進媽媽沒有悲苦的一張柔美肖像

15

心臟驟然回到幾天前的那種疼痛
無來由的疼痛,知道這是暗號,多年來
專屬母親的摩斯密碼,我快馬加鞭急趕回家
怕錯過和媽媽的訣離時刻,我答應過她
她死亡的那一刻,我會握住她的手,將她手上的戒指拔下
戴到自己的手指上,以戒傳戒

風火般驅車返家,旋轉門把,喘息聲入
好家在,媽媽還在。沒有呻吟聲了,多年前就預約的
這場不能重來不能逆時的訣離,終於來到旅客要登機前的
最後廣播,目的地極樂星球,媽媽將是超新星

我握住她的手,溫度冰涼,她在迴光
返照之路,我摸著大口喘著氣的媽媽
滑著蒼白發燙的臉龐,溫柔得像是絲綢的手感

我俯身說,媽媽,如果妳還捨不得,不然
妳半夜再走好了?佛樂繼續唱誦呼喚阿彌陀佛
我去準備晚餐,一整天沒進食
我煮了碗泡麵,加了顆蛋,端到面河的

窗前，眼前是日以繼夜累積的
不捨的容積體不斷因愛而綿長
捨的容積體也不斷因痛而抽穗
繁衍
空蕩蕩的河邊起霧
霧正在寫懺情錄

16

臨終的理想告別
不是抽象的字詞
是捨與不捨的動詞演化

我聆聽媽媽的呻吟，逐漸潮退
似乎轉成平靜，望著
她灰濁的眼，卻感覺睜亮
如光照，這難得的不呻吟
是生命的保衛本能，將最後力氣
全用在身體最重要的臟器
媽媽的心臟拍打如風鼓
她集中呼吸在浪尖上
呼吸加快，喘息驅走呻吟
死亡已開始
躁動

17

至愛臨終訊號就像電波
傳導懸念者的心海
就像長年垂釣江邊的人
魚鉤微微晃動的訊號襲來
只有握著死亡線竿的垂釣者
才心知肚明，我知道
快了，就是這幾天了

18

臨終徵兆現前
舌頭潰爛
手腳水腫
傷口不癒
嗜睡或呻吟
下巴隨一口氣難以上來
已如抵擋太平洋的防波堤
為了氧氣，下巴不斷加高
愈抬愈高，直到死亡的
咆哮聲，像水壺熱氣流呼呼作響
植物人正在玩著一二三木頭人

有時暫時停止呼吸
戛然而止，以為時候到了
三四秒之後，驟然又倒抽了口
大氣，如此反覆多日，彷彿深怕我不夠格
要訓練我必須對臨終安寧絕對地熟悉
媽媽才能上路。學會判讀呼吸聲傳來的
密碼，臨終安寧照護者的必要解碼
千萬不要錯誤解碼，否則安寧的往生

將功虧一簣。萬萬不能將風中之燭送往醫院
那將引起病體極大痛苦與折騰
臨終時刻，連一條蠶絲巾覆體
都會太沉重

要耐得住目睹所引發的心緒震撼
要守得住陪伴臨終時刻的苦痛與
害怕，禁得起回憶深淵的撞擊
兵臨城下的死神，發出噠噠的馬蹄
穿越起著濃霧的海，海逐漸寧靜如死

噓
呼吸中止的間隔逐漸拉長了
當三口氣變一口氣
我取出阿彌陀經
聽見訣離敲鼓

19

設我得佛，十方眾生

至心信樂，欲生我國

乃至十念，若不生者

不取正覺……念到第十八願

抬眼，目睹死神瞬間抵達

不及一秒，親眼看著媽媽訣別

人世，耳聽她像嘆口氣地吐出最後的

那口氣，苦痛的身體要離棄拆毀了

黯淡星辰發光。女兒信守承諾

沒有錯過，一心抓住迅雷不及掩耳的死亡之聲

死神行過死蔭的幽谷，剎那秒瞬而過

聽見看見，媽媽最後一口氣飄離如煙

一絲嘆息如暖塵，從媽媽的嘴巴中

逸出，終於終於

為了吐出這耗盡她整個生命的

最後一口氣

媽媽花上了無數的日與夜

媽媽就在女兒的俯身凝視握手與

耳語中，目睹她斷氣。淚水想流

但已乾涸，哭不出也不能哭

親眼目睹是最劇烈的疼痛海嘯
強迫植入記憶的目睹
媽媽最後一口氣
在女兒的眼皮下吐盡

媽媽分三口氣離開凌遲她七年的身體
三口氣，正好是我在她的耳邊唸十聲佛號
我甚至聽見最後一絲氣息從她的嘴巴離開的
一縷聲息
像蚊子般的呼吸
心臟停止跳動
搗著心，溫熱

20

窗邊一如既往的昏暗
最後一抹夕霞行過來時路
滑進地平線，躺成地平線
狼藉的病房吹起狼煙
黃昏的故鄉，是母親

沙漏漏盡，這次不再倒過來
時間不再是切割成好幾個等分的
磨藥泡牛奶灌食清創擦澡換包大人按摩
一如既往的悲傷
明亮的悲傷

答答答
抬眼
看一眼
這看了七年牆上的
時鐘
17:37
37，我的生日，媽媽要我勿忘她的時辰
要一起當三七仔

21

從此黃昏，是晝夜的中線
是幽冥中線，更是母女中線
魔術時光，沒有魔術
媽媽一口氣不再上來，席捲生命的
浪潮退下。就是此刻了，難以言說的
疼痛，海嘯般地撞擊了
靈魂逃脫密室，訣離時刻
抵達喪傷

如海嘯狂襲海岸的最強潮浪襲來
緊握著不再呼吸的媽媽，在她的耳邊說
媽媽，我一世人感激汝，千言萬語
也表達不出我的感激，我的感謝感恩
媽媽要跟著光走，無量光阿彌陀佛的光走
死亡無法練習，就是一心相信，別害怕
別對抗（境界都是幻相），別執著，別耽擱
把我們分隔開來的只是呼吸，無法呼吸的身體已然
融入死神的懷抱。來不及想怎麼回事，回神媽媽
已在對岸。為了這個時刻的來臨，我為此輾轉揣度
剎那已是半生緣，媽媽是再也回不去了

（當然也不想回來這苦痛的人世）

聽見遠方的雷聲
提醒自己別中了
悲魔
從此，十七點三十七分
成了往後的每一天
的時光核心輪軸
母女中線，天上人間
中線

人約黃昏後
黃昏的故鄉
亡靈開始
走上
陌路
踩進
冥河

22

守靈人開始啟程
拖曳前行的時光
是往事,是這間靠河海的屋子
的七年歲月的傷痕凝視
倖存者走過的脆弱焦土
即將消抹邊界的時間點
即將退隱的黃昏
我聞到海風夾著
厚重的潮濕襲來

異鄉人阿蒂在旁要哭了
我推她出去,急說別哭別哭
要替阿嬤高興,但高興什麼呢
為何我的聲腔聽起來
如此哀傷欲泣

溫暖的手輕輕滑過媽媽那
沒有合上的懸念眼皮
輕輕捲好一條小毛巾
像團貓毛毛球,頂在虎媽下巴

使因缺氧而長期用力呼吸的
合不攏的嘴巴
合上

我彷彿聽見
失語媽媽的
千言萬語

23

如半夜的雷聲隆隆
萬物竄動雷電交加
百鬼退散，雨水直下
潮濕的牆壁，彷彿嘴巴
可以吐出魚來
我沒有慟哭，也沒有抱佛
只是背對媽媽，靜靜地流下淚水
拉開佛桌下方的抽屜
七年來開開關關，被放羊的媽媽
如鐵鉤般地拉扯，瞬間的那種痛，於今
都像是離別受襲強度的練習

24

我緊張發抖地拉開抽屜
躺在抽屜的往生包，媽媽的
臨終懶人包——
將甘露放媽媽舌下，嚐即解脫
指尖碰觸到媽媽那縮小如指甲的濡濕舌尖
在媽媽的額喉心，沾上我從恆河
小心翼翼取來的金剛砂，信即解脫
攤開如大鵬金翅鳥的陀羅尼經被
覆蓋在媽媽身上，觸即解脫
女兒呼喚阿彌陀佛，聽即解脫
女兒握住媽媽的手，摸即解脫
女兒親吻媽媽的額，愛即解脫
解脫解脫，沒有束縛何來解脫？
佛是實語者，安了我這樣的膽小女兒
的恐懼。佛塔金光閃閃，指引新亡魂
就定位

25

唯一要防的是淚水土石流的不崩落
不該流下淚水，淚水讓死者難離
讓生者難捨，執著執著，該責備的執著
淚水在亡者前是土石流，不是甘霖
但為何我的淚水在心裡崩塌

神聖的往生物品，是指引的地圖
臥床受苦的老靈魂轉成自由翱翔的
新亡魂，遺棄執著的關係舊詞
稱媽媽為善女子，媽媽的新主詞
善女子善護念，放下放下，別回頭

26

要經過長長的時日
長到自己都不知道何時
心長出繭才能使傷痛無感?
七年,來看媽媽的人有的也化為
新亡魂,消失了
沒人關心的病房像是廢墟
有如戰場,拖太長的戰事
寒冬降下

請不要盛夏走
媽媽在我的小說裡
下筆成真,早已允諾

27

生命戰場的硝煙味混著
供佛的沉香。彷彿無邊無際的
傷喪時光，往事俘虜應棄絕而去
如無法立即正面迎接痛擊
也要記得溫柔對待眼淚

時間之神，抹去歲月的刻痕
千日一回轉，媽媽歷經兩個千日
兩次閉關。目睹色身被苦痛浸潤的
驚怖痕跡。荊棘已編成桂冠，遠去的
色身，不清空的記憶只餘感恩與愛
遲緩的時光，無預警地瞬間被調快了
世界調低了亮度，媽媽遁入黑暗

28

小說是預言書寫
故事未了，黃昏已來
早已寫下的句子，如回力鏢
射向自己

請不要在盛夏走
曾寫下的句子，死神
應允了我安詳而寧靜的
死亡來到

29

不再呼吸的母體，暖暖如被
在入殮封印前，冷天不發臭
女兒好整以暇念經
二十四小時不斷電
一日開張的7-11
莊嚴母親
莊嚴佛土

30

七年來我把佛放在唇齒之間
佛啊佛，我是八哥，是鸚鵡
在海邊在散步在冥思在傷心
我念佛，佛念我
佛語成了我的母語
天語，終年不斷電的還有念佛機
（除了忘了繳電費被停電而斷電）
那樣真誠的念與唸
只為了等到這一刻
兩個千日的黃昏中線
畫下

31

彌陀四十八願
這願藏匿在我
的文字裡
藏在如淚的
大海裡
藏在如心的
明月中

32

黑暗襲來
兩大女主角
貓女兒與虎媽
故事畫下句點
電影打上字幕
劇終
（人不散場）

33

媽媽活得像希臘悲劇
史詩，讓女兒著作至少等膝
媽媽不再從一個千日又延展
另一個千日，七年光陰，讓我
慢慢流淚，緩緩寫盡
懺悔錄，迎接黃昏之神
降下黑袍
黑夜攜群星前來
死別
訣離
傷心
但不要愁

34

年輕的時候或可還擊際遇突襲
一旦老了，未必只有任人擺布
幾歲算年輕？如何還擊
不是老了任人擺布，是病了
被病魔擺布七年的身體
頓時鬆懈解脫
如發燙的鐵，溫暖如棉
逐漸沁涼冰涼
四季的身軀，在寒冬揮別
空蕩蕩的亡者在中陰車站
不知何去
何從？

35

夢中媽媽在明滅中等待上車
她回頭看我一眼忽然微笑說
媽就是做鬼
也會保護妳
鬼才有私心
菩薩無私
媽媽說她不想當菩薩
消失的七年，來到夢裡
回憶的種子，開始發芽

36

為何母病時光我創作力旺盛
也許因為我已經被生死
戰場磨練成戰士，分分秒秒
在荒野漠地打仗，駐紮懸隘
吃緊的生計。要趕緊吃
在鳴金收兵時，一如創作
女兒戰士
連線淨土

37

壇城初立
往昔那些為媽媽色身而忙的
抹擦洗，將換成對佛的
跪拜念

日夜的呻吟，自此轉成
貓女兒無日無夜的念誦
海浪般的一波一波
打上岸的聲息，由苦轉樂
撒了艾草，驅逐
氣味
屍也有
喜悅

38

燃香沒斷過，展開漫長的念經
媽媽躺在原地離開，我可以不緩不急地
念著經，這是我跪求菩薩三千日，才換來
她的壽終正寢，靜止的時間被延長，且
因緣際會地被延長三十六小時
安詳不動她
這苦痛辛勞的危脆肉身

39

虎媽愛大米
她喜歡吃飯，沒飯
就覺得沒吃飽
虎媽走了
不煮飯的貓女兒幫虎媽
準備腳尾飯，想著也許媽媽
也可列入釋迦之女
佛是悉達多王子，父親
淨飯王，淨飯王有三兄弟
白飯、斛飯、甘露飯
好真切的名字
那麼務實，媽媽聽了
一定歡喜

送行，蒸煮熱騰騰
飯香，帶給媽媽，回遮
餓鬼道。媽媽以前總是想起
飢餓童年，女兒這回帶她重返雲嘉
平原大米倉，眺望綠色田疇
土豆花生很多，好事發生
從此，不再飢餓

40

善女子善女子
我輕喚著
千呼萬喚阿彌陀佛多時
我悄悄將陀羅尼經被掀開一角
觸即解脫的往生被
幫助執著的媽媽解脫了嗎？
聞到一絲絲血水腥味
那是褥瘡壓瘡的榮光印記
是身不淨，穢惡充滿
是身虛偽，雖假以澡浴衣食
必歸磨滅

41

看著媽媽不捨的臉部曲線
轉為安詳溫和
不知這是否就是所謂的
斷捨離
窗外落日如懸鼓，紅氣球即將
載母親飛往
沒有痛
苦之地

42

唯右腳仍彎曲著
七年彎成一座小彩虹
跨在電動床的兩岸
時光將僵直手腳長成
一把剪刀手
一把剪刀腳
交叉百日千日
等著被我緩緩鬆開
是身為災，百一病惱
是身無定，為要當死

43

媽媽躺成不動明王
靜止不動的軀體已然多時
靈魂應已飛離色身
不再有痛,痛不再有
女兒已圓滿念經
二十四小時不斷電的念經暫停
我撒上甘露,覆上艾草,燃起檀香
女兒轉成媽媽的洗屍者與化妝師
溫水已備,沙威隆注入,捲起毛巾
暫時移開陀羅尼經被
褪下媽媽斷氣時穿的那套舒服
但已褪色的衣物。取出棉團堵住仍在滲血
的傷口,開始清洗貓女兒被虎媽吐出的
私密領地。接著摘下媽媽被我最後戴上的玉環
轉套到我的手腕上,摘下媽媽的食指戒指
轉套到我的無名指上
醒目相依的時光轉為
物化的所有格
服務色身的最後
圓滿

是身如焰，從渴愛生。是身如幻，從顛倒起
是身如夢，為虛妄見。是身如影，從業緣現

媽媽執著，女兒更執著
念給媽媽聽更像是念給自己聽
換上準備入殮的新衣，正韓版
媽媽變成正妹，穿著時髦的壽衣
再次取出無死甘露撒淨
取出乳液香氛香水拭體
搽上眼影，鋪上粉餅，抹上口紅
細白的髮絲綁成麻花兩串
可愛如沖天炮的髮束
如菩薩旁的金童玉女
我摸著髮絲叫著仙女媽媽
她突然眼皮動了一下
冷天的風吹進房間讓媽媽復活
媽媽淡妝看起來如春風少女
媽媽的隱修院
已然樹立法幢

44

以前綁過我的頭髮
綴著鑽石般的發亮水晶髮束
媽媽以前最喜歡閃亮的物質
將她的腰繫上珍珠金鍊
讓媽媽腰纏萬貫好上路
套上電繡著必贏福氣字樣的紅襪
接著套上鞋底放著祈福字與銅錢紅包的鞋
媽媽彷彿要登上淨土極樂舞台了
女兒知道媽媽到哪裡都會是生猛的
虎霸母。我清理著虎媽的耳朵時
附耳說著媽媽記得回來
報信給我

那柔軟的小耳朵
巨大的虎媽一直
在縮小

45

是身如浮雲，須史變滅
是身無知，如草木瓦礫
媽媽化為一粒塵埃
住進我的心裡卡著疼痛
跑進眼窩，我淚流成
乾眼症

46

是時候了，念經圓滿
換裝化妝圓滿。剩下一紙證明
讓媽媽可以合法離開地球的證明

我打電話給衛生所告知家裡有往生者
需要開立死亡證明書的醫生到家裡
（這才發現事實和小說寫的完全不一樣）
到家開立死亡證明書的醫生竟不好找，衛生所接電話的人說疫情找不
到醫生到府服務，衛生所建議我直接打給葬儀社，葬儀社服務一條
龍，自有合作的醫生。這時我才想是應該聯絡葬儀社了，一位朋友的
表哥，通過一層認識，我感覺可以放心交付。電話那頭的聲音聽來卻
有點像剛睡醒，但我知道那只是音質的關係。朋友事先已聯絡過，因
此我直接開門見山說我的需要。

47

必幸福（敝姓胡），我聽見電話那頭說
真好，必幸福
在電話簿輸入
媽媽必幸福
如此接到電話就知道是誰了
必幸福問媽媽的名字生辰
先擇良辰吉日
蘇東坡的蘇
我以後想從母姓？
蘇曉音，我腦中閃過的新名
媽媽剛走？必幸福又問
走了二十四小時了
啊，他可能沒有想到
我會讓媽媽停留這麼長的時間
才聯絡送葬師

我提醒著
媽媽要直接入殮，她怕冷，她不冰
她不用清潔師也不用化妝師
我已親自幫媽媽換好衣服與化好妝

不冰不冰，我一直重複
聽起來像是在便利商店買水
他說好，不冰不冰
明天上午就是好時辰
可直接入殮

48

必幸福，媽媽有了她離開塵世最後一程的
送葬師。沒有死亡證明書不能入殮
送葬師來電說開立證明的醫生夜晚十二點前會到
晚上十二點？這麼晚
陰間使者如此忙碌
很多人要開死亡證明書
妳住最遠，醫生是一路開過來

亡者列隊，等候寫下死因
沒有人關心如何生
但卻要知道如何死？

49

煮了碗麵吃，在自己的深夜食堂
等待醫生到來，於是又多了念經時間
繼續念經，直到電話響
時間正是十一點三十七分
穿著白袍的醫生和一個提著黑色公事包的女人
出現在大廳，半夜等待的醫生不是來醫「生」
而是來探望死。我心裡想的醫生應該是老醫生
果然是老醫生。另一個應是醫生的妻子
只有妻子為了收錢才會半夜一起來幫忙探望亡者
夜晚，他們看起來就像是黑白無常
女人一進門就坐在餐桌旁
索取我和媽媽的身分證
打開公事包，拿出證明書等待
一一問我細節填入空格
她問著是今天嗎？指亡者離開時間
我說昨天下午五點三十七分
她露出詫異的表情，一如送葬師在電話中的
詫異，彷彿沒有人會耽擱這麼久才通報？
我自言自語地低聲說著，因為希望為媽媽念滿
至少二十四小時的經文。她聽了沒反應

彷彿這都是家屬的信仰選擇

醫生查看著媽媽平常的慢性處方箋上寫的病史

等待女人填寫資料，女人寫得很慢

因為每個數字都用國字寫

我問為什麼，她說怕被塗改

阿拉伯數字容易塗改

1可以變成7，7可以改成9……

但為何要塗改？

50

醫生進來媽媽的病房
我掀開陀羅尼經被
媽媽，乾乾淨淨，抹上香膏
化妝如眠，如復活
醫生先是禮敬合十
醫生看到媽媽下巴繫著毛巾
他忙要我取下。我說因媽媽嘴巴仍有點開
所以我繫上毛巾，使嘴巴閉合
他說這樣怕有勒痕，會被誤認是加工死亡
加工死亡，我聽著忙取下
醫生再次禮貌性地合十
這合十的動作，很機械
但卻是很需要的儀式
醫生轉身，對伏案寫字的女人說
死因急性氣管炎
我聽了覺得這死因很怪
我以為會寫敗血症或器官衰竭

51

女人要我跟著他們一起去前方的7-11影印
半夜時分，一個剛失去媽媽的女兒
和看起來像是黑白無常的一對醫生夫婦
一前一後走在靠海的公路旁
靜默，失落，冷風，哀傷

影印生死狀十五份，每一份都要蓋章
看著女人在影印機前蓋戳印的用力背影
像是又孤單又燦爛的無常之神

52

時間早已跨過夜晚十二點
辛苦妳了。女人突然對我這樣說
很制式，但語言的溫度卻剛剛好
就像演練上千次似的不冷不熱
遞給女人三千元，她遞給我薄薄的紙條
上面編碼020740，7再次出現
27也是媽媽的出生密碼
我拿著十五張死亡證明書
證明書將分送一殯二殯戶政事務所
國稅局銀行郵局寶塔地……
薄紙上手寫著姓名生辰身分證字號
下方印著行政相驗收據
行政相驗費交通費證書費及代辦公證費
證明書的日期，媽媽可以合法離開地球
受苦的娑婆。開往淨土的航班
等待她搭上

53

我往左，他們往右
一疊死亡證明書
抓在手中
被風吹得獵獵響
如刀
割我心

54

從小七走回，很奇怪的疼痛與寂寞
這條路走了七年，媽媽搬到這間河岸租所
同時間這家小七開張，彷彿是為孤寂的黑夜
點亮二十四小時的燈火與各種可親的食物
七年，小七是我逃脫媽媽電動床的夜晚短暫收容處
很快地我也將和這間小七告別了
那個曾經在跨年互說新年快樂的店員好像好久沒見到了
我最後一次和媽媽在戶外咖啡館就是在
整個城市都是你的咖啡館的咖啡館
現在小七提供了影印死亡證明書的午夜服務
在我眼中瞬間看起來如此孤寒
這對醫生夫婦繼續開往亡者之路
這個老醫生不看病也不醫病
一路只探訪死者，只開出死亡證明書的老醫生
與那個看起來像是醫生的太太但一路都毫無表情的女人
即使她最後說辛苦了也是沒有表情
連聲音都沒有溫度
我感覺這像是老醫生準備退休前的主業
當醫生無法醫治生者
至少可以送亡者最後一路最需要的一紙證明
也許這個老醫生以前是開出生證明？

55

走在涼風的夜晚街道
前方某間屋子的床上躺著
不再呼吸的母親，我忽然明白
媽媽臥床時我雖痛苦卻不孤單
現在媽媽要離開了，我才知道有媽媽
的形體，即使殘破仍是如此地安慰著
孤身的女兒

呼嘯而過的油罐車，奔馳往返台北港
死亡證明書被夜風吹得如欲飛的白蝶
漫走著慢走著，淚水就滑了下來
不能在媽媽面前哭泣
往後可以在任何地方哭泣了
媽媽不在任何地方也在任何地方

我又看見那隻來報信的鳥
停在路邊的樹上，彷彿在盯著我手上的死亡
證明書，時間17:37
報信的時間，毫無誤差
酉時，離別有時，相聚有時

酉時，有食。食道封閉七年的媽媽
連離去都挑有食，賜我食，給我
時，有時懺悔有時相思
有時哀傷

56

回到屋子，阿蒂在滑手機
她漂洋過海第一個照顧的人是媽媽
媽媽走了，她理應傷心，至少傷感
多年來，每回出門返家見到她總是手指忙碌
這回抬頭看我一眼，多了發著苦慘的一抹微笑
眼睛也紅紅的，哭過，這眼神安慰了我
我也對她苦笑，指著手上死亡證明書，比著ok
媽媽仍如往昔靜臥在床，電動床不再搖起
包大人退駕，明天過後，解開綁住她的電動床
哀愁千日，我至愛的媽媽， 這座監獄
放妳飛了

被我點上燈火通明，映照著金絲銀線的佛
燦燦發亮，佛菩薩羅漢僧人環繞
媽媽不孤單了，孤單的是女兒
悄悄探進被子，用我發疼的媽媽手摸媽媽的手
柔軟如棉，是我的手僵硬了
媽媽放手了，她等著我也放手
我說了七年的放下，媽媽早聽進心了
我說了七年的放下，放下仍是
一個名詞

57

三十六小時，就是再執著也有時間
離開這早已壞掉的身體。我從念經中暫停
夜晚時分，窗外又飛來報信鳥
三顧茅廬，保我安心
淚水必須不被亡者看見才能流下
我感到我這個送行者過了這一夜
才真正要面對訣離，也知道過了這一夜
這間苦痛的病愛居所，將成為一則發黃的夢
無數次伴著媽媽入眠，病體轉大體
媽媽此刻依然躺在高高的電動床上
我拿著瑜伽墊，躺下，在媽媽旁邊
第一次躺在媽媽不再呼吸的最後肉身
肉身不再瀰漫藥水或糜爛傷口的血水
發出銀杏般的苦腥味，媽媽大人，千言萬語
也無一字一語可以表達女兒的謝
與懺我的悔

58

迷濛中淺眠。忽然聽到打鼾聲
嚇醒坐起來，媽媽復活
清醒才看見左邊還有個阿蒂
隔天聽阿蒂說，夜晚她有段時間也嚇醒
聽見磨牙聲，以為阿嬤復活
她揉眼睛，看見小姐睡在她和阿嬤中間
忽然笑了自己的恐懼
小姐會磨牙，跟我老公一樣
我會磨牙，我想的是我和爸爸一樣
壓力大時會磨牙，我有時會被自己的磨牙聲吵醒
小姐與阿蒂是打鼾與磨牙雙人組
守靈伴侶

59

喪色黑衣再次傾巢而出
轉了幾座山航進幾座海
我拉張椅子坐在客廳
晨光曬著乾掉的淚痕
下了多久的雨了
觀音山墳場瀰漫霧氣
衣物懸於架上如黑鳥
淚水與雨，水分子瀰漫
蒸出如媽媽皮膚的那股沁涼
仗著佛菩薩的放光
老貓女兒安心送行虎媽
歲月從不靜好，俄烏難民與疫情
苦難與封鎖，伴著媽媽的
亡世旅程，這本
受苦經，難念

60

清晨是嬰兒的藍眼睛，重生
黃昏，光線不明的灰階疊映
灰濛如中陰渡口
媽媽要前往渡口了嗎？
還是她的靈飛到上空看著她的受難身
等待掛到牆上的聖母像
看著受苦的身體與電動床最後一刻的相依
望著躺在瑜伽墊上的女兒
這女兒的手勤於擦拭媽媽的屁屁
已經超過媽媽擦拭女兒屁屁
的時間甚多了。這樣，是否，可以
減少女兒的虧欠感？
還是虧欠感會一直跟著
我忽然淚光閃閃轉頭，從睡的地板仰身
看著媽媽，我有一種也躺進這床的最後渴欲
一起覆蓋金燦陀羅尼經被，彷彿苦痛可以
被佛的慈光悲心給吸納走了

五點多，僅睡三個小時，起身梳洗
冰水沖去昏沉與漫長如雨季似的悲傷

手機響，媽媽必幸福
到了，新的訣離時刻
媽媽要永遠離開電動床
天光出現一抹
藍眼睛

61

見到送葬師。必幸福有張像是被死亡長年烘烤的
一種如影子般的瘦削，中年瘦削成一道閃電
（和我小說寫的年輕淡漠的送葬師迥異）
瘦削靜默送葬師的旁邊跟著一個年輕人
（這個人比較接近我小說寫的樣子）
但小說沒有寫扛屍人這個角色
（我竟沒想到沒電梯或電梯太小，送別會需要這人物）
他們進房間，雙手合十
要我暫時收起陀羅尼經被
媽媽看起來如熟睡嬰孩
他們要將媽媽先裝入透明屍袋
他們要我先去按電梯樓層
（避免在電梯口等待時被其他住戶目睹）
電梯來了，我朝大門大喊一聲
瞬間壯漢扛著屍袋出現電梯口
媽媽第一次被公主抱
卻是要被抱去殯儀館而不是洞房
媽媽的身軀縮水，彷彿一個
小少女
輕輕的

62

媽媽離開七年的臥榻
電梯太小，需要扛屍人
謝謝揹母，送葬師備下紅包給扛屍人
我知道這金額將列入之後的收費表

在陰暗地下停車場，我聽見必幸福
突然大喊一聲老菩薩，上車了
女兒鬼（賊）送媽媽老菩薩踏上
往生之路。往生之路媽媽有分
我早已上達天聽，替媽媽登記
且準備了滿滿的上路資糧

63

媽媽躺進黑頭靈車，安座
我和陪同去的阿蒂坐進車內
扛屍人變身司機，送葬師一路像是
媽媽的衛星導航
過橋喔過蹦坑嘍
我一直不明白為何要喊過橋過涵洞
但喊起來很好玩，像是在和媽媽說話
我轉身看著躺在一個簡單鐵床後方的媽媽
才發現車頂上有個螢幕在放光
是西方三聖的電子螢幕聖像
阿彌陀佛觀音大勢至菩薩
有祂們看顧感到放心
這回媽媽是真的離開八里了
一路往民權東路去，人車奔馳
每天的小日常如水流過
晨起的霧潮濕了我的眼
報信鳥一路沿著河水跟飛送行
在天空展翅，寫字
無言的千言萬語

64

一殯的早晨比周邊的夢還醒得早
運屍車與貨車來回穿梭
百合花轉眼凋零，散出
枯枝敗葉氣息
淚水與潮濕
媽媽在靈車上等著被卸貨般地
靜止在一殯的港灣裡
拿著媽媽的死亡證明書到行政處
簽名與付費，申請火化許可證
與決定要讓媽媽停棺幾日
我看著密密麻麻的各種時間與數字
戶籍不是台北市民停棺費累進計
七天後的費用以累進級距大跳躍
身體暫厝的租金是總統套房訂價
昂貴的窒息地。為亡者選七天內最多
我想讓媽媽停棺至少十四天以上
十四天可讓媽媽好好捨棄崩壞色身
讓媽媽和這個痛苦卻又充滿愛的世界
或者該說讓我逐漸適應媽媽的形體不在？
是我該捨棄，是我得要有更長的時間
讓我跟她的有形色身告別

65

等待入殮的房間
名為真愛室，愛與不愛
色身在此最後互別
送葬師安排的師父師姐進入
師父蘸墨在白幡上寫著媽媽之名
我提醒師父，亡者是媽媽
這時我看見師父在寫了一半的
考，順筆改成妣。考轉女
接著他在綁著竹葉的白幡上
懸掛著左右對聯
金童前引西方路
玉女隨後極樂天

66

跪
棺木被推進
喊
大厝入內
媽媽收租返轉了

媽媽脫殼
有了新厝

她躺進新的大厝
壓克力透明面板下的她容顏安寧
女兒最後對她的凝視,她的嘴巴已合
裡面有我放在她小小舌下的甘露
在藏地高原取來的甘露,用我的雙手雙腳
匍匐缺氧的高原所得來的無死彩虹甘露
一路將讓她登極樂天,她可以出示特惠待遇
的一路過關斬將,入境通行證

新厝刷著棗紅金漆色
像是媽媽說她小時候

常被叫做紅毛仔

大厝像是轎子，抬棺人

將抬著母親嫁到佛國

不用再舟車勞頓長途跋涉

媽媽可飛天入地，中陰身

有神通，不會老人痴呆

記憶是生前九倍，別人欠

一隻雞都記得

他們說媽媽不是死亡

只是去收租

媽媽生前無大厝

死後變收租婆

67

媽媽離開後
一紙死亡證明書
成了媽媽的新身分證
接著拿到火化許可書
准了媽媽可以灰飛煙滅
以煙入道

68

在這種時刻在這種地方
感覺自己有點半夢半醒
入殮暫厝圓滿，跟著送葬師走出一殯
路上川流著上班開會吃飯拜拜收驚的人
送終篇來到挑選媽媽色身灰燼的
最終地

69

我明知有便宜的，比如八里

觀音山墳塋處處，雲集著送亡產業

玉石工廠打造佛像與骨灰罈。買骨灰罈應是葬儀社

收入的最大產業區鏈塊，為了往後儀式順利

還是去送葬師帶引處買媽媽骨灰居所

一推門進入，滿眼投射燈照得我眼睛閃爍

感覺像是去看樣品屋，又像女生

在玻璃櫃上挑選包包，我望著每個燈下

標誌著昂貴價錢的骨灰罈，鑲鑽拋光打磨出

可以照見我疲憊的臉的發亮玉石

最後看中典雅色澤的阿富汗青玉石

和老闆確定玉石來源是合法的

（阿富汗很多血汗工廠）

一切都像是在商業買賣

我不禁脫口說，要知道我的悲傷

我剛剛才入殮拜別媽媽

現在要我討價還價心情很奇怪

你直接告訴我多少錢是你覺得合理的就可以

氣氛凝結幾秒。他吐出一個數字

且乍然關燈，點亮手電筒照射著骨灰罈

青玉發亮如月暈，如綠度母的淚
這一刻的表演，讓我點頭
給了媽媽的電子檔肖像
骨灰罈將進入客製
新曆要裝潢了

70

母體暫厝一殯26號房
母靈則移往辭生旅館
亡靈作七的泊宿地
辭生旅館櫃檯立著地藏菩薩
不用給鑰匙，而是給一炷香
每座以桌椅金框相隔的牆上
掛滿離開地球的人
陌生人，花朵，香塵，供品
洗臉水很重要
早晚供給入住者溫水與毛巾
就像我浪蕩旅途的青年旅館
那時我們會交談，還會一起出遊
不知媽媽會和來來去去的亡靈們交談嗎？

住進辭生旅館的人
離棄當人再準備當人
或者流轉六道他方
辭生者，像在等待
航班的廣播召喚
不同時間不同地點

不同的列車長搭乘者
不揮手不說再見
只念阿彌陀佛，或者
別的暗語，比如阿門或阿拉
阿，我輕輕喚著
阿阿阿，像是被棒擊的
疼痛單字
連通最高神界的起手字
阿
阿
阿……

71

訣離這四季流轉
往生他方前要先
結界
不要搭錯車
不要下錯站
這不是迴轉壽司，無法
迴轉，這是長長的
單行道。迴轉又是
一生一世
我相信輪迴
我相信阿彌陀佛
慈悲的無所不在
而，媽媽相信我
她得專心跟著她的新兒女
一對金童玉女前進新旅程
玉女隨後極樂天的白幡隨風
颯颯，飄著
有時我會鬼遮眼
要小心還要專心
收起無用的淚水

72

捧著媽媽牌位，媽媽很輕
很輕，單手就可以捧住她

沿著百合曝曬過久的腐氣
朽香路徑，就可以找到媽媽暫厝的
日租屋。一殯方圓之地的老公寓竟是
一條隱形的生死中線，如陰陽閃電交加的
生死場，等著擠著告別，法會，唱頌
棺材店花藝所會館靈堂，送葬師個個穿著套裝
像業務員，他們與生者交涉安魂價
靈魂擁擠在一條街，不會發生踩踏悲劇
只有太過孤單的悲劇。這已是悲劇的
本身，或者也可能是一齣人間喜劇
媽媽的是喜劇
我天真這麼想
必要的天真

73

媽媽辭生，目的地佛國
旅程訓練，讓她認識佛
辭生旅館佛光燦亮，他們不稱旅館
稱會館。也很像私人招待所
招待的只是香塵佛樂與淚水
只需備妥一張信用卡與一張肖像
訪客來不用報房號
刷著一張哀傷的臉發紅的瞳孔
自動門開。到處亮晶晶，閃瞎我
最脆弱的哭紅瞳孔。入住者的臉
被鑲在鍍金的方寸房間，再也沒有
苦相。他們看起來像是不曾吃過苦卻是
曾經最苦的人。來的訪客大都很苦，比如我
頂著一張苦相，彷彿等著把吃苦當寶
媽媽住進這裡，肖像一掛，復活似的
整間泊宿旅客也都復活，都在耳語
新來的，她要住多久，她很水喔
媽媽很快就會有朋友，他們都很善良
也許媽媽還是最凶的呢
他們可以辦呷會

兄弟會與姐妹會
只是沒有時間輪流作東
且會經常說，恕我無法起身

74

這日陽光正好
我心繫著入住一殯
房號26的媽媽
疫情，只剩26號房
送葬師說，2加6，8，發
他們的話術都是要吉祥的
亡靈也要發，也講究生命靈數

很好，不西曬不吵雜
有空調有鮮花有素果（不知誰吃？）
最重要是有放我交代的
佛樂與點燈

想像著不旅行的媽媽躺進一艘船
像是年輕時常旅行的女兒落腳紐約東京倫敦的
子彈旅館。我想去看她，但得先經過無數的
死蔭地。他們說別去了，她已經不在那裡了
媽媽也玩密室逃脫？
這段時間妳要去的是辭生旅館
媽媽的靈魂已被引到那只很輕很輕的牌位了

26號房住的只是她的有形空殼
等待成灰的殼，為何讓我這麼眷戀
是應該至少有形體可依嗎？

等待七七四十九的法會結束
媽媽就要check out
原來媽媽已經練就了一身
靈肉分家的本事
注定讓某種東西分離的我們

只有死亡才能分離貓女兒和虎媽
雖然這對母女並不同科
但，不妨礙
愛

75

繳清泊宿費，媽媽四周的鄰居
兩三天就在換，媽媽已然住得久
快成旅館老客戶。 媽媽現在有
兩個家，收費不同
肉體住一殯26號房
十四天，好幾萬元泊宿費
請先付清，彷彿唯恐肉體
不落地成灰

靈位住的家，專給佛道教徒
私人會館（在此可圓滿七七）
名為禪心閣
一入住，殘心纏心
都化禪心

時時有佛樂入耳
泊宿費日收八百
一泊兩食，早晚
供香供水供餐
餐點除了米飯菜

正餐之間還有
女兒帶來的點心
泡麵烏龍茶蠶豆酥
乖乖養樂多蝦味先（唯一非素）
還有還有，松江路上
不老麻糬，是老去媽媽
愛吃的，必然買來供上的

一炷香燃盡，拜完亡者
生者請取用
我拆開乖乖，邊吃邊說著
媽媽要乖喔
（不乖的是女兒，背身任淚水流）
淨土最終才是媽媽的新家
呷苦當呷補，有了新的
正義

76

暫留餘溫，遠行西方
等待最後的千捨萬捨
但眼前先不談捨
媽媽暫泊辭生旅館
只為了圓滿七七
礙於停棺日縮短，於是進行
趕七，每個七旬不間隔七日
在火化前做足七次誦經法會
我手上有送葬師給的時程表
上面還寫著靈魂將面對的守關王
媽媽要連上七殿闖七關

架上照出善惡的孽鏡臺
與讓亡者眺望人間的望鄉臺
第一殿秦廣王
第二殿楚江王
第三殿宋帝王
第四殿五官王
第五殿閻羅王（閻羅王竟這時才現身，這裡有叫喚大地獄）
噓，別叫醒亡者

第六殿卞城王

第七殿泰山王

七七，圓滿

（我感應到媽媽第一關就闖過，榮登寶座，直登極樂而去。後面的作
七，是儀式，是未亡人的懸念。）

77

其實我也很專業，關於送行
於是關於趕七，我訂了四場由師父
和師姐組成的誦經法會，三場自己來
本想七個七法會都自己來
但深怕自己太悲傷且念頭太多
定多所疏漏（且送葬師也希望給他們機會服務）

趕七像是趕著媽媽往淨土去
都說頭七通常就離開了
若怕太眷戀太執著，怕心不安
就至少停棺兩週，讓彼此緩緩道別
鄉下阿嬤停棺稻埕停了兩個多月
阿嬤是否太執著了？
還是鄉下天大地大
遮雨棚一搭，就是亡靈暫居所
子孫可以哭很久
不哭的哭不出來的
還有孝女白琴代勞

78

被儀式推著走的作七
女兒三七仔，雙魚座
媽媽11/11，天蠍座
很孤獨
女兒擅長跟佛說話
媽媽擅長聽神講話
辭生旅館大廳大螢幕
跑馬燈跑著亡者姓名
要不是有誦經與哭泣聲不時傳來
我有種進入青年旅館
或參加喜宴的幻覺

遠方有春雷在彈
我想不久大雨就會為我流下淚
過去我沒有一天不害怕
害怕媽媽的驟逝
當訣別已成事實
舊的害怕走遠了
新的害怕還在路上
害怕孤兒的孤單與匱乏？

我看著媽媽牆上美麗肖像
點著自己帶來的一大盒沉香
看著煙塵想著
媽媽的肖像沒有銳利的刻痕
她笑著，我看著她，她看著我
仙女媽媽
我輕聲喊著
媽媽
請妳繼續看顧我
讓我在苦澀的日子
恆是春天的心洋溢

79

會館的人叫住了我

我正要踏出玻璃大門

他們提醒我離開會館

要在入口處噴觀音慈悲甘露水

他們說要結界防護除穢去煞

這會館到處都是陌生的靈

不是只有媽媽一人

我返回，噴灑甘露水

從頭到腳，像是去冥河交涉過的人

我以為媽媽早就通報左鄰右舍

這是我查某囝

伊是乖女兒

請保佑伊

就像以前她也會串門子

跟鄰居說我查某囝寫字真水

寫的每個字都同款大

很厲害

（她以為字的美醜與否是每個字要寫得一樣大）

80

兩個千日的雨季
在潮濕的淚水中，媽媽成了
通往淨土的旅人
在冥河渡口，等女兒，最後的
訣別。我日日往西方拜著
阿蒂朝麥加方向拜著
道不同本不相為謀，但這回
我們都為了媽媽而拜

出門前，阿蒂煮了幾道菜
說讓我送去給阿嬤吃
媽媽生前不曾嚐過一口阿蒂的菜
亡後是否吃得慣這嗆辣的
熱帶香料襲來，也許媽媽的左鄰右舍
認識阿蒂，每個人都有過或多或少的阿蒂
他們聞到香味，可以一起吃
分享餐

拎著阿蒂辛辣食物
想著關於職業的動詞

比如看護就是洗刷擦煮餵按
比如廚師就是煎炒煮炸烘烤焗切剁砍
劃搓揉捻燉煲燙，比如送葬師
抬洗妝拜念唱燒捻跪敲弔唁
作家
寫與不寫

81

媽媽本是一生都和動詞有關的人
她斜槓太多事情，她的動詞太多
晚景卻臥床如繭，從半邊可動到只餘
左手微動眼皮微眨，到
最後的一動
也不動

82

往昔，大風大雨，翻山越嶺
的苦，都成畫外之音了
現實的那種扯心撕肺的哀慟
是小說寫不出來的
最後一抹微光走入夕陽
最後燦爛的舞踏，之後融進黑暗
七年前的冬日，媽媽倒下
七年後的冬日，媽媽飛離
從抵逆死神來到，在漫長中
又不禁悄悄地欲盼死神降臨
息風熄火了，卻又無法面對
死神的到來

83

看塔，往陽明山，山嵐遮路
初始想安放媽媽的骨灰在陽明山寶塔
是想媽媽還沒中風前最常爬這座草山
她是早覺會草山成員，但早已脫隊
她的骨灰是否想要歸隊？
上山淒風苦雨，山風打得劈里啪啦響
我聞到摻著乙醚的香塵，踩上階梯
櫃檯說只剩高樓層十三樓
十三樓？怎這麼高，我腦中閃過一間大廈
突然失笑起來，這裡說的樓層指的是靈骨塔
塔位高度，人的高度目視的三到七層之間
是最先被選走的，只剩最低與高樓較便宜
亡靈不會需要開店面，也不需高樓看風景
太低要趴地難以祭拜，太高看不到也拜不到
要用電動升降梯才能上去，我腦中突然飄過
清明節祭祖眾子孫搶梯子的奇想畫面

後來才知台北市民才可申請
另一邊老舊寶塔新北市民可登記等位
通常要等一年之久。建議可找地方

暫厝骨灰罈

但哪裡可以暫厝？

暫厝就像臨時租房嗎？

有靈魂的日租屋月租屋嗎？

朋友說他的外婆在普門寺

父親在臨濟寺，要我試試

普門寺怎麼打電話都不通

臨濟寺撥通了，寺務處說有塔位

媽媽引路，下山

淒風苦雨頓時轉成

風和日麗

84

圓山捷運站，穿越熙攘
往前走，前方飯店曾帶媽媽逛過
價錢讓她一路咋舌。寺簷沿著
光跳舞，入門是回頭是岸
登萬靈塔，入口有解脫門
就是這裡了
未來會面地
我看著歡喜
從此這裡
就是悼母的新地

媽媽適合坐東面西
這個方位在我可直視媽媽的高度
僅餘一位，107-1
7再次如浮水印現身
朋友的父親塔位住在媽媽樓下
媽媽還沒入住就有了新朋友
也許可以一起聊佛法
（朋友笑說妳確定？）

85

確定塔位
一切底定
媽媽將變拇指姑娘
小小方寸
六位數
等待付款
就像買預售屋

86

回媽媽未倒下前的
她的晚景最後居所
捻亮燈，看見我黏貼牆上
的照片卻獨獨每一張
只要有媽媽的照片都掉了下來
這是媽媽生病後的相思牆
幾年來照片都不曾落下
一直都貼得牢牢的
我想媽媽靈魂最初已回來過
畢竟，這是她最熟悉的地方
從此，這裡不再是孤獨的祖祠
這裡將成我的隱修院，寫作場
新的生死場，有媽媽在此
女兒就在此

87

腳先是麻，接著直抽筋
腳非常麻，媽媽在拉我？
法會休息時間，手機大響
妳好，我這裡是未婚聯誼社
想電訪未婚女性，請問妳結婚了嗎？
在這充滿死亡氣息的法會現場
媽媽的牌位對我眨著眼
彷彿接到婚友社電話，就像是
常當媒人婆的媽媽打來似的
彷彿媽媽在淨土連線關心
女兒的未來

拉我的腳，這是只有我們知道的
遊戲，小時候我們最常玩的遊戲
（在她有收入我沒課的時候）
躺著互用腳夾對方的腳
少女之後，不再有的遊戲
媽媽失偶，我轉青春
媽媽進入忙碌期
我進入叛逆期，然後

媽媽更年期空巢期，而我
驛動，旅行
身體接觸成了最遙遠的
奢侈之夢

88

抵達，重疊，覆轍
媽媽曾經的渡口
行經她走過之地
我的新地圖
英語不適用，要用台灣國語
中藥行池上便當美髮沙龍
市場公園運動園（除了診所醫院）
世界排除媽媽可以容身之地
女兒天涯海角將五大洲
微縮在一張電動床。接著將一張電動床
微縮在一個池上便當，便當躲著媽媽
在這間店炒菜的身影，便當老闆
老了肥了，我接過便當
知道他不記得我是虎媽的貓女兒
那是他們都還壯年，而我還年輕的事了

媽媽走了，記憶上路
世界藏在便當裡的一粒米
思念藏在一滴淚水
咀嚼一片黃色蘿蔔乾

一絲辣椒乾，黑豆蔭豉
等待淚水也陰乾
眼前是紅紅的血色
黃昏，訣離的顏色

89

我不知道我是女巫

寫字無法點石成金（媽媽最希望的）

但下筆有神，小說預言成真

最初寫作沒有慎防筆墨威力

比如想寫什麼就寫什麼

比如老寫不幸，以為悲劇是召喚

高潮情節的開始，人生要有故事

不含公主與王子從此幸福的結局

不含背叛與愛情的同理

不含媽媽與女兒如姐妹攜手的和解

不含人生各式各樣的救贖

一步步走向無光的所在

一步步走向死絕的空無

深深埋進骨子裡，以想像

動員敘事引擎，一路開掛

寫外公被淹大水的傷害，古厝低矮

雲林到處地層下陷，桑田變滄海

外公的結局，照著我的想像路徑前去

臥床的外公，在大水中訣離我們

多年後，夢帶來了，外公的訊息

他說頭痛發冷，開棺棺木浸水
媽媽重新為她的父親拾骨，買塔位
納寶塔。那年母女倆回到小村，大水退後
的隔日，豔陽高照的土地散發集體狂歡的
氣味，樹獸古厝如火燒寮

那是我第一次看見我的母后我的天可汗
像非洲離群的懺悔的母獅
跪在她的父親的墓前，她用雙腳
跪著寫著給她父親的墓誌銘

那是我最後一次看見跪著
的媽媽，後來她躺成地平線
再後來，換女兒跪
媽媽是女兒的貴人
女兒是媽媽的跪人
跪成一隻懺悔的小貓

（以現實為基底取代想像是多年後了。我把臥床媽媽從老公寓遷離，
住在十樓高的大廈，不再受洪水之苦。等待媽媽的壽終正寢。有一回
颱風天，大樓地下室淹水，電梯壞掉，在電梯還沒有修好前，我拎著
包大人安素與藥包，日日爬階梯山，像爬刀山式的一步一步懺悔。）

90

黃昏，夕陽山外山
媽媽，走到時光的布幕
之後，記憶千間大廈化為塵
大水淹不了，苦也不再吃
我將搬回了媽媽的老公寓
看到報信鳥來到窗前
我說，時間到了嗎？
報信鳥說，總是會到的
但請放心，母女是共命鳥
她好妳放心
妳好她放心
一起放心

91

媽媽生病後，我總是
怕東怕西
怕失能怕失語怕失明
怕失聰怕失智怕失心瘋
怕失去愛

放上一尊佛兩尊菩薩
西方三聖駕到，忿怒金剛門開
媽媽可以安然離宴
我打包收拾著，一切的可見
與不可見的遺物
也收起害怕，等待一併
隨同媽媽火化
成灰

92

收起唱佛機，和佛的
天線，進入語言套組
念咒語，是模組
不用思考不需思索
我的新語言覆蓋媽媽的舊語言
阿彌陀佛淨土取代妳要死去哪
觀音菩薩慈悲取代欠汝前世債
媽媽曾罵過女兒的臭姬芭
早轉成佛國香巴拉了

我現在渴望套組
讓自己化成一個唱佛機
媽媽送我一對耳朵
聲聲迴向給媽媽

93

午夜夢迴夢不回

等待淚水落下與離開

我得重塑我自己

我看見空蕩蕩的車站，一個旅人

可以跳上任何一班列車

但已無列車開進月台

沒有任何想要奔赴之地

我看見不曾旅行不曾上路的媽媽

駐足徘徊

在舉目是異鄉裡

感到迷惑（彷彿不知自己在哪裡）

她回望人間一眼

（沒變鹽柱，但錯過一班轟轟開過她眼前的列車）

那是開往淨土的車

速度超越光

看到已是過去

全新的土全新的地

媽媽很陌生很恐懼

我繼續念經，彷彿車站廣播員

不斷廣播旅客善女子，盡快搭上

時空列車，一心一意
信念就是驗證的票
阿彌陀佛就是列車長
開往西方，極樂淨土
經文持續召喚善女子
善護念
一心
一意

94

黃昏總有清晨的錯覺
少女時若黃昏不小心打了盹
乍醒會以為清晨，跑去穿制服
媽媽在旁不說破，看我拿書包時爆笑
現在黃昏時刻，我又有這種感覺了
開門突然撞見偌大的電動床空空然
就像童年忘了大狗小黃已走
每回返家開門都以為會被撲倒卻
踩空之感再次襲來。媽媽現在已不再朝我
爆笑了

看了七年的苦，聽了七年的呻吟
人形與聲音俱亡，電動床上的媽媽
離開牢籠，住到了沒有窗戶的房間

我第一次從一殯返家時
躺到已然沒有媽媽臥著的電動床
想去感覺那種痛苦，但感覺是失真的
就像小說的想像，如夢如戲如幻
真切的媽媽肉體的痛苦，與

媽媽的呻吟聲竟就此消失

轉頭看有個影子飄過，以為媽媽復活

結果是阿蒂，她穿著黑衣黑紗，朝著麥加

做著禮拜。還好她在，不然這間沒有媽媽的房子

會有一種鬼屋之感，雖然不害怕，因為媽媽說她

就是做鬼也會保護我，但那種害怕是一種過度傷心

的恍惚，心緒不寧。總以為再大的痛苦也會翻頁

在七年的痛苦裡，連期待翻頁都感到奢侈。此刻

將七年三百六十五天的日常微傷，更替成

七七四十九的刺痛。躺在電動床，虛擬假想的痛苦

吃著七七巧克力，滾下電動床，這張悲傷的床等待

社會局來回收，等待另一個陌生人躺上

（這樣想時，聞到一股媽媽生前的氣味飄過，有點香臭之味，難以描
摹。指尖也沾染這個氣味，帶點熟悉又感傷的氣味，那是媽媽晚景的
氣味，腐朽酸蝕，藥水酒精，混著我早晚點的檀香沉香藏香。媽媽返
轉了。）

95

我日日穿媽媽喜歡的衣服
從此以她喜歡的樣子活下去
昂揚筆墨，活成一個做自己
又能貼近媽媽的人
穿著改變，神色也變了
貼近生命的書寫
必須匍匐擦地
注定挫傷但卻是美麗
佗寂般的傷痕

這種傷痕很早就刻下了
在我離開她的時候
但媽媽不離開我，她得空
爬著克難坡，來宿舍找我
（那時她的雙腳多有力啊）
她來看在淡水讀書的女兒
沒有事先打電話，只是揚聲高喊
別人是情人在宿舍外叫喚女友
我是媽媽在樓下叫喚我的名
媽媽叫聲低沉卻堅定

我嚇得忙開窗，她看見我笑了
我則快哭了，假期泡湯
她的重點除了找女兒，還有吃
蝦捲阿給魚丸包子大腸米粉湯

我今天上午念畢幾卷經典之後
看著河水，帶阿蒂去八里渡船口
搭船去淡水，我們的重點也是吃
只是這次我幫媽媽吃
媽媽還喜歡吃老街喜餅
她想女兒結婚要來老街做大餅
烏豆沙芝麻棗泥鳳梨蛋黃綠豆椪
但等來等去，女兒不僅沒結婚
還繞著地球跑，媽媽只好一年年的
自己去買喜餅吃，一年年的
把自己給吃肥了

這回，換我買喜餅，但買素的
沒豬油，阿蒂也能吃

有賣獎券的小販向我兜售
我想在媽媽百日，只要街頭有人向我

討錢賣東西我都買，於是這段時間多了
口香糖玉蘭花義賣餅乾刮刮樂
挑了幾張隱含媽媽意義的數字
比如她的生日她暫厝一殯的26她的塔位107-1
回家刮，竟每一張都中
至少兩百，至多四千，張張有獎
這彷彿是媽媽的心與女兒的連通

我吃著餅，囍字溶入
舌尖，眼睛泛著淚光
吃光餅，舔著碎屑
阿蒂說好吃，很香

96

起狂風，回程渡輪遇大浪
渡輪頂浪逆風而行
大浪時輪船且暫時熄火擱淺
等候大浪平息
嬰兒哭聲不斷傳入耳膜
增加月黑風高的恐怖感，我在心裡
一直念著觀音千處祈求千處現
苦海化作度人舟，阿蒂也直念著她的阿拉
瞬間風平浪靜，安全抵達岸邊
我想觀音慈悲，阿蒂想她的阿拉厲害

從淡水搭捷運到台北辭生旅館
帶了媽媽愛吃的喜餅魚酥
會館之前曾問我要準備給媽媽的飯菜是葷或素？
我說素。魚酥是個例外，那不是葷素與否
是記憶。祭拜過久，魚酥彷彿也染著香灰

（媽媽臥床被迫成了只喝牛奶的人，以前她吃葷。早年她的姐妹會的
會金是以上等肉三斤的市價作為繳會款，這樣的計量單位非常古早
味，就像阿蒂回家要買牛。像我這種不買菜的人絕不會知道到底是

多少錢。又以夫婦相攜為準，我卻從沒聽父親說過參加過媽媽的姐妹會，後來父親往生，媽媽就一個人赴會多年，她曾問我多次要不要去，我卻都搖頭。大概只有小學時去過一次，因聚會時一直盯著剩菜看，希望媽媽包回家吃，媽媽一直笑說那也得等大家都不吃了才能拿啊。）

97

媽媽駕鶴西歸
一殯白幡常見的題字
鶴是逆風飛行的鳥
彷彿媽媽也逆風歸返
初一還是十五？香塵滿溢的奇異送別之街
腐朽的百合花，蘭花擱在騎樓
潮濕的霉味瀰漫在這帶著某種亡後金燦的
與制式乏味的喪禮空間
生者與死靈的相會之所
老舊公寓隔了許多間會館
供住都市的家屬臨時安放牌位
與舉辦七七儀式之地，甚至也賣
塔位，送葬師問我要幫忙找塔位嗎？
我說已經訂了，唯獨這一點我不需要他
我要媽媽永久入住之地是寺院
絕對不要這種公寓改裝的私人塔位
送葬師聽了點頭，眼神飄過一絲失望

98

除了吃飯喝水如廁
偶爾打點盹，靜坐之外
今日都在跪拜與念誦
阿彌陀經
呼喚阿彌陀佛

不摺蓮花
蓮花親自一筆筆地畫
女兒為母親畫蓮
我看見火開紅蓮

99

晚上驅車至一殯附近
先去買不老麻糬，祭拜用
好肥的不老麻糬其實是我愛吃的
我對糯米食物完全無抵抗力
晃至行天宮，小時候媽媽常說
帶妳去給恩主公看
其實是我們去看恩主公
行天宮都說恩主公

行天宮對面有家丹堤
和生病前的媽媽曾經常去的咖啡館
這日咖啡館人不多，我坐在媽媽坐過的位子上
想著她喝咖啡的表情，要加糖要加奶
她苦吃太多，不再吃苦
晚上九點來到辭生旅館，夜晚旅館竟是熱鬧
現代家眷白日要上班工作，晚上成了祭拜熱點
媽媽的靈暫厝處，她的三魂七魄
遊走在上面，望著我
頭七法會，子時一過
即是下一日，這一日過後

我確定媽媽已正式啟程
之前都在啟程的路上

童年跟媽媽去呷會
現在媽媽跟著女兒
來到法會，一擲聖笅
媽媽來嘍
子孫大富大貴……
師父要我喊
有喔有喔
貓女兒喊的聲音
卻如老鼠

100

常感疲憊傷心
長期看護工的作戰
腎上腺素現已退下
失去了戰鬥力

脆弱者在河邊爆哭
真正的那種痛哭哀慟
我再次知道文字無法寫下的那種痛
能寫下的都還是外圍的
一切只能經歷。大悲無言
我失語，失詞，失聲
失去媽媽之所失

101

一切都以七的倍數前進
一百零八顆念珠
做七個七，稱作七，作旬
頭七　一七　二七　三七　四七　五七　六七　滿七
我是三七（仔）
媽媽的七仔
我是媽媽的七仔

送葬師印媽媽訃聞
用套裝軟體文字
不管身後寂寞
訃聞仍是必要的
族繁不及備載也是要的
不收禮金花圈
不回贈毛巾（淚水乾涸無淚可拭）
只是默默
哀感謝

102

戰場撤退
時間悄然走過，壯大了
意志力與脆弱力
逐步清除，回憶的地雷區
骷髏頭燐火閃燈，小心
被炸得遍體鱗傷

103

去錄音，主持人問，冒昧問令堂
還在嗎？令堂，好古典。我點頭
微笑，實問虛答
母逝，無法輕易說出，更無法在媒體
吐出。就像契訶夫筆下那個死去兒子的
馬車夫，只能跟馬說他的憂傷

104

以媽媽之名印經，媽媽躋身在芳名功德錄
以媽媽之名挹注建廟，媽媽化為匾額龍柱窗花瓦片
以媽媽之名捐款團體，媽媽多了很多朋友
她是重度身障兒童聖安娜之友，她是
被虐兒福之友，她是陽光之友，她是
愛盲之友，她是流浪動物之友……她是貓
女兒的最愛。可能朋友太多了，詐騙也跟來
某日電話響，吐出讓我耳朵觸電的名字
天堂和人間連線了嗎？
蘇小姐，您購買的000操作銀行分期錯誤
要請您更改。我笑著想，蘇小姐已經
在天堂了，妳有辦法讓她下凡嗎？

105

密集幫媽媽布施與作
法會。原本媽媽是列位法會的
陽上祈福人，現在一樣的法會
媽媽已轉到陰的另一邊，已成
被超渡者。法會也分陰陽，進入
現場，先快篩，陰者得以成為
陽上祈福人

在窗台掛起
西藏風馬旗，隨風
飄送祈福。像放風箏的旗
獵獵揚揚。旗下有西藏擦擦
一種泥製壓模佛菩薩像，窮人的
聖殿。像是製餅米糕模型的
泥菩薩，泥菩薩不過江，不會
自身難保。藏語擦擦，擦去
什麼呢？
執念罣礙煩惱，活過的
一切。除了思念

153

106

逐步分區收拾東西
史詩般的媽媽晚景
大戲落幕了，離席了
要拆棚了
秋蟬退隱，黃昏已降
五濁惡世。身處惡世的媽媽，陷
混世的女兒。在亂世混世，寫
自輓歌

107

伴隨月亮的金星
朝我眨眼，媽媽發出
電波。我仰頭問極樂
星球在哪？
離開八十億人的地球的媽媽是否
已奔往極樂之邦，淨土星球的承諾
是否兌現？電波回傳
至心信樂者可往之
我是媽媽的星際顧問，往生
指導員。阿彌陀佛，放送
聲聲呼喊　回頭是岸
偏偏有人不回頭
不想回頭
此即岸

108

感覺自己的切膚之痛，在別人心裡卻可能是
雲淡風輕，不是因為沒有同理而是因為
別人就是別人

我望著媽媽故居，竟是繁花勝景
而暫租的八里病房，卻落盡萬千
打開解脫門，重新掛在牆上的媽媽肖像
又掉下來，她又回來過
可能媽媽要換照片？但我已無法
為她拍照了，她以前喜歡我幫她拍照
說我是真正會拍照的，因為我的眼中
看出去的是真的，不修圖的
媽媽喜歡真
不剪去她的歲月，也不抹平
她的苦楚

109

整理媽媽用剩下的
紙尿褲、尿片
抱著包大人痛哭
悲傷的包大人
自此乾燥

願妳安詳
世上除了神的慈悲
疆域，再無能收留
苦痛與失去至愛的
傷慟了

媽媽變成病人，接著轉成亡者
亡靈，在中陰渡口，在女兒的
祈福中，花開見佛，往生淨土
往昔盛夏她那濕透的頭髮
冰冷的手腳，都成了女兒四季的
記憶溫度

110

風從窗外吹進，舞影著
繁花，彷彿要告訴我
傷疤已成印記。荊棘已成
桂冠。媽媽許是升天，來報信
我的悲傷感少了，據說這表懸念
已了。吃媽媽最愛吃的二崙
佳美狀元餅，像小貓般吃著
幻想著，再次的榮耀
這是，女兒和媽媽永遠的
貓膩

111

CNN世界各大城市溫度報導，紐約
舊金山倫敦柏林巴黎馬賽奧斯陸丹麥
斯德哥爾摩馬德里巴塞隆納里斯本
北京上海香港首爾新加坡東京
河內胡志明雅加達
耶路撒冷德黑蘭莫斯科突尼斯伊斯
坦堡約翰尼斯堡聖彼得堡漢堡
前塵地圖被我踩踏，一個旅行者
成照顧者，從此世界漂浮
夢裡，從出發的動詞變回一個
名詞，不再嚮往的
座標，沒有要奔赴的，之後除了
圓山，臨濟禪寺
媽媽在的地方，玉門街
9號，春風將度玉門關

google經緯度搜尋不到媽媽
107-1新住房，但谷歌拍到媽媽
老家，她在門口的身影，她看起來
像是在巷口張望
女兒返家身影？

112

媽媽的肉身除了寄放在一殯26房之外
就是剩下泡在水杯的假牙，七年來
女兒總是把粉紅色的假牙模型當作是
花朵般灌溉，以假亂真，泡在水裡
防硬，經常換水使假牙不生垢，彷彿在
等待有一天將這口假牙重新置放到失語的
媽媽嘴裡，像是法醫望著泡在福馬林的
存在證物。媽媽化成灰燼後，泡在
水裡的假牙依然如櫻花緋紅，蕩漾
水中。送葬師說，媽媽無牙，不會吃
後代子孫的食祿。但我希望媽媽有牙
怎麼吃子女的食祿，女兒都無所謂

栩栩如真的假牙，我記得陪媽媽
去打造牙齒的那日，是少數幾次她希望
我陪同一起去的幾次記憶，畫面
清楚。陽光隱沒，天氣稍涼，我們穿過
西藏路（多好的名字，我承諾媽媽未來替她抵達
喜馬拉雅的聖地），拐入萬華老社區一家
老鑲牙店，鐵門正拉起，媽媽要拔去最後
一顆牙，那顆牙落地後，媽媽就此生

無牙。我當日把母牙當乳牙收起
牙牙學語。多年後，媽媽有鼻胃管，有人工
胃造口。很厲害的嘴巴
只是失語
無語

113

我摺了一架飛機
射向淨土，小心
方向，不能落河
紙紮的，紙飛機
七四七，帶引沒旅行過
的媽媽飛向遠方

114

轉眼已要為媽媽舉辦
第五個七，五七
霽月難逢。彩雲易散
黛玉喜散不喜聚。誄文
悼語，我竟詞窮
經文念到一生補處。盡此
一生，就能補到佛位
此安慰甚好，成佛可以
候補，就像補考

115

曾經有那麼一秒，我在路口遇到媽媽
她有一種感覺眼前人面熟但卻又
叫不出疑惑的眼神幾秒鐘閃過，屁孩啊
我一出聲，她就笑了，她從小叫我的別稱
那個神走過的提醒痕跡，我當時
沒在意且無知。因為媽媽曾刻意不認得
女兒，只因那天女兒穿得醜。於是被忽略
的疾病的隱喻。比如她後來經常忘了出門
帶鑰匙，戴牙套……但她記電話號碼
卻比我還厲害

她要我在她的大門畫張假牙圖，提醒
她記得戴牙套再出門。圖被我畫得很像
大白鯊張開大口，她笑說媽媽嘴有這呢
大嗎？現在媽媽假牙被我收納進
喜餅盒，喜餅盒只裝喜，不裝傻
除了我的乳牙，還有媽媽帶我去
老家海邊拾來的小貝殼。海砂裝玻璃罐
日後玻璃罐將新入住媽媽的骨骸、骨灰，還有
媽媽聽了七年佛經以苦難燒出的
舍利花，火中化紅蓮

116

我給自己很多名目，比如
2019歸零年，2020重整年
2021緩衝年。給習氣緩衝
給告別的淚水緩衝，其實
這些都是藉口。2022年未料
來到孤兒年，還沒幡然大悟
反而需索更多放任的時間
來處理漫長的哀傷。媽媽
離去的年分，新生還需要
長長的時間。從此
餘生，壞的不重蹈，爛的
不覆轍。我在擺著媽媽肖像
的案上，對媽媽說，從此
聽媽媽的話

117

夢中迷路，忽見媽媽
身穿一身桃紅
我驚喜大叫
媽媽妳來了
是啊，妳只要
呼喚我
我就會出現啊
媽媽，我的
新阿拉丁神燈

118

送葬師送行，不知輪到他們自己時
會是如何交辦身後事？一生都在
送往的人。年輕的送行者擦亮黑皮鞋
黑西裝白襯衫就像金融操盤者
或業務員或精算師，只是
交易的對象換成天上與冥府
陰陽，生死

119

神隱女兒，只要是
對媽媽是好的
就照做，跟著喊
不管是真是假
（真布施不怕假和尚）
送葬師交辦的
於是我喊著
媽媽過橋
媽媽過涵洞
繼續將喊
媽媽起靈了
媽媽移靈了
最後再喊
媽媽火來了
媽媽趕緊跑

沒喊出口的是
媽媽我愛妳
媽媽對不起
媽媽請原諒我

媽媽請念佛

勿念我

120

一殯的每一間房子都在
告別，原來離世者也有
上路結伴者。同日出發
到了二殯，排隊等火化的
隊伍更長了。切記
不能回頭。大火來了，快跑
多少小說，多少散文，寫過的
句子，到了自己嘴裡，將是
淚流滿面
千言萬語

121

沙威隆依必朗嬌生包大人……
裡面住著媽媽

（媽媽沒用完的日用夜用尿片、看護墊、包大人、棉花棒、刮舌棒、
不織布片、紗布片瓶瓶罐罐的藥膏，不須再服務毀壞的色身，送給長
照中心，病體沒後的二手物很多人有忌諱，問了很多單位都不要。）

必須趁變成遺物之前送出所有物

瀏覽著臉書，每個「我的這一天」都讓現在的我想要刪除
隨著媽媽的離去，外在世界也按下熄燈號
一個人在天地之間，忽然像是拔掉所有電源的人
我只需要書，無臉之書

當我送走七十箱書，五十箱衣物
分送二手書店、偏鄉圖書館、伊甸園
收到物品的人說，小姐妳是開店的嗎？
我笑說是喔，店關門了

收拾衣服，紅色收起

後來想，媽媽討厭我穿
黑灰，於是又打開
花衣，當一隻
花貓

122

黑夜與海連著
一片遼闊
虎媽，愛恨分明
貓女兒，愛恨不分
枝蔓纏繞
塵埃落定
從此，千山萬水
心頭成心頭肉
心頭肉成遺骸

123

落日伴隨彩霞，絢麗之後
低調，夕霞之後黃昏。迎來
幽靜，夜靜
媽媽最愛唱的
黃昏的故鄉
在血色的黃昏
在刻骨的日子
整理遺物
刺骨椎心
原來是這般
媽媽生病讓女兒寫下新二十五孝
以身試藥
媽媽臨終瑞相讓心緒總是如燭火的
搖擺女兒變成更堅信的信徒

結束神農氏變形生活，病房即將化空
媽媽的藥物，媽媽的用具，媽媽的床單
媽媽的七年病服，七年在馬偕出入的一疊
掛號單費用單，擠滿五層小抽屜的藥
我像是遺物管理員，喊著留或不留

抗血小板藥，丟
控制血糖藥，丟
高血壓藥，丟
關節痛藥，丟
軟便藥，丟
廣東苜藥粉，留
失眠管制藥，留
斯斯頭痛藥，留
相思解藥，留
……藥，族繁不及備載

124

涙流了很久，大雨遲遲
才來。失去媽媽後的第一場
大雨午夜來到。午夜大雨
雨落在窗前，聽來特別悲傷
這面窗曾經倒映媽媽無數的身影
現在只有空蕩蕩的電動床
輪椅，便盆椅，按摩器，熱敷儀
還倒映過無數次我立在窗前
的沉思，凝望潮起潮落
觀音海潮音，勝彼
世間音

125

媽媽必幸福，電話顯示名稱
送葬師問禮堂的那兩對花壇懸掛的
白幡要寫什麼字？
送葬師秀出各種圖片，我選了簡單素雅的
白色羅馬柱，上置兩花壇，百合與蘭花
我腦中閃過音容宛在，駕鶴西歸，風範長存……
不用的
不寫字？
不寫，就空著
文盲的媽媽，喜歡空白
媽媽是我的天可汗
無字天書寫了一切

126

在各個靈堂轉來轉去的
弔唁花，流轉的流浪花
等待花開見佛
開成彼岸花

127

戴著傳統的白麻衣，我又瘦又小快要被那麻衣
給遮沒了，三角形的尖紗罩披在頭頂，連番不斷地
回禮，裡面的頭髮滲著淚水和汗水不清的濃稠濕氣
行禮如儀地連番哀感謝，我們前腳都還沒走出，工人
已迫不及待地拆著以鮮花裝置的「音容宛在」牌樓，我
一回頭工人正好拆到了「自此相逢在夢中」的夢字，由下
往上拆，花瓣掉了滿地。這是很多很多年前關於父親
葬禮的最後封印。自此，卻不曾夢中再相逢
父親，逐漸成為有血緣的
陌生人

任他著地自成灰
我寫著給媽媽的自輓歌

128

未亡人，其間打來的電話號碼顯示的
都是被我標示媽媽必幸福的送葬師
又來電問到火葬場要燒的庫錢要燒幾個？
能燒幾個？
最多能燒二十個
當然燒最多的數目，媽媽喜歡多
沒什麼人送行，至少有
很多錢嫂孔兄

結清這段時間媽媽旅行
佛國的費用，趕在葬禮之前
送葬師傳來表單，有如往生
百貨行，加購項目眼花撩亂
名為燒給亡者，實是
安慰在世者

129

起靈了，老菩薩，送葬師喊
虎媽不被犬欺。她是老菩薩了
跪。送葬師又喊
我看到抬棺人的腳
如莊稼人的腳
隨著棺木移動

停柩室如大海港灣
等待不再歸返人間岸上的水手
媽媽彷彿是泊宿最久的旅客
送葬師忍不住又問
為何要這麼多天，很貴
我怕執著的媽媽
靈魂一直沒離開肉體
作滿七七，七個七，好安心（我心）
法會圓滿，才燒她那苦痛太久的
臭皮囊

抬棺人一到靈車旁，我立即撐起
黑傘，像高原神鷹，傘是

不讓媽媽曬傷？傘是回遮鬼眼鬼魅
隨棺坐進靈車，彷彿靈車是往昔的
復康巴士，棺木是
不插電的電動床

130

小學放學下大雨，最期待有媽媽
來送傘，但她沒來過，一次
也沒有。直等到最後校園走廊只剩
我一個人了，路的盡頭仍只有寒風
送來雨絲，夾雜著我欲流未流的
淚，失落的渴盼。長大曾跟媽媽聊起這個
渴盼，媽媽露出疲憊的眼神說，那時陣
媽媽做工累得半死，哪裡想大雨妳
需要傘，閣再講，厝裡無傘

媽媽穿雨衣雨鞋。風風雨雨走過人生
此刻女兒撐起大傘遮住媽媽那漆了
金亮的紅漆棺木，沒有盛夏烈陽，只有
午後雷陣雨蓄勢待發，不能讓淚水
滴到棺木，淚水是罪懺，是執著
執著者訣離執著者，淚水小心不能
落棺，淚水就像黑貓，黑貓跳過棺木
影響亡者一路往生。為何一隻黑貓就
可干擾亡者？沿著習俗走儀式，因為我恐懼
因為貓女兒愛虎媽

131

淚水退散

黑貓退散

外面陽光燦爛，傘下的我

下著大雨。等不到媽媽送傘的

小女孩即將要為媽媽撐傘

小小的貓大大的虎，相依

為命的日子，再漫長也終是

要過去

132

黑頭靈車是凱迪拉克改裝車
我打開黑傘，抬棺人將媽媽靈柩移入
第一次和媽媽坐這種名車，卻是
死神的引領與餽贈
未亡人貓女兒與陪送人阿蒂入席

熟悉的城，為何看起來如此悲傷
一路上擁擠著趕去上班的人，也有趕去將人
化成灰的車潮。火葬場塞車，二殯正在改建
有家人哭訴，人都火化了，還沒找到車位
最後一眼沒送成。沒有機會喊火來了，緊走啊
妳搭靈車不會有這種情況，直送門口
送葬師說，他解除了我的擔憂

我回頭望著母親躺的木棺，心知這是最後一眼了
最後和有形母親的訣離，有形的終將幻滅
一下禮車，在簡樸的臨時小桌上，祈福搖鈴誦經
送葬師和抬棺人開始移動媽媽棺木
我當時還沒來得及反應就是這一刻了
要進焚化爐的時刻了，我竟只是呆茫地

一直跟在棺木後面，一抬眼才明白

已走到最後訣離的分界點，焚化室前的那道防線

就是有形的肉體灰飛煙滅之處。我跪別，才明白

這麼多日以來，被推著走的訣離行程，雖悲傷但

不是大慟，可能仍覺得母親猶在，至少形體仍存

但這一刻，才知道那是一種悲傷過度的自欺欺人

火葬師將媽媽推進號碼010的爐具，聽見轟的一聲

虎媽熔進火焰。貓女兒在入口望著，迷惘，空洞

送葬師提醒喊火來了，媽媽緊走，快走

正想回頭，送葬師又大喊一聲

不可回頭

133

我跟在他後面去燒庫錢，一路往半山腰行
一路持幡慟哭著，無法停止地大哭著
淚水不會落到棺木的這一刻

女兒變孝女白琴，原來很會哭
燒庫錢，火旺，媽媽的臨時牌位與白色魂幡
接著被送葬師投入火焰中。然後我將手中捧的
金童玉女交還給送葬師，金童玉女
還要去下一攤

134

雨絲溫柔地飄在二殯的山林
我抬頭望著塵，骨灰的塵
有形亡別的焚化爐
為何我們對有形如此依戀？
明知那受苦受難過後的形體
已如要報廢的物質，媽媽
已不在那裡了

二殯的全家排隊等著買咖啡
的未亡人。女兒是媽媽的未亡人
焚化爐旁的便利商店有一種奇怪
的氛圍，裡面黑壓壓的家屬，紅著眼
喪色神情，喪色是一種空。搭著黑衣，不再
披麻帶孝的現代人，僅僅穿著很像寺廟法會的
黑色海青，在外衣上用別針繫上小麻布，麻布
交疊看起來像一隻蝴蝶。福疊。我在等待媽媽
落地成灰。在火葬場旁的全家買咖啡喝，這是我
走過天涯海角絕無僅有的火葬場咖啡館。咖啡香
混著焚香，黑水溶著淚水，前方高高聳天的煙囪
竄著灰燼，烈焰燒著集結在咖啡館等待的至愛

或者（說不出口的），淚落之前，山林飛來白蝶
不斷繞著女兒，盤旋再盤旋
媽媽來了

135

前方螢幕亮燈，跑馬燈閃過010送至撿骨室
我從可以眺望山林與跑馬燈的小坡走下
送葬師的工作快近尾聲，引進撿骨室，捧出
綠度母般的玉石骨灰罈，已嵌進媽媽柔美的肖像
媽媽化成灰躺在像是烘焙用的銀亮大鐵盤，媽媽的
骨灰看起來像是麵粉，細看有晶亮的幾簇舍利花
媽媽喝很多甘露水所開出的智慧花。虎媽無牙
只剩下心臟支架是假的，也被燒成灰
媽媽生前吃那麼多藥，灰燼卻如雪潔白

送葬師給我一支湯匙，象徵性舀一匙，還要邊喊
媽媽入新厝了，放入骨灰罈。我轉頭才想起跟著
一起來告別的阿蒂，她戴著頭巾坐在角落滑手機
我招呼她也來舀骨灰，她是異鄉來的另類未亡人
她的手勢就像往昔她為媽媽舀了不少日子的奶粉
剩下的骨灰送葬師用鏟的，全入骨灰罈，我聽見
媽媽那曾經的苦難色身化為灰與燼，與玉石相碰觸
發出鏗鏘聲，像雨滴，像音樂
火葬師旋即蓋上骨灰罈的蓋子
我將陀羅尼經被摺疊完整放在上面

佛菩薩在上，媽媽在上
雙手合十，繫著大昭寺請來的
吉祥天母九眼不滅金剛繩的
九眼正對著我，天女守護神的眼睛
九眼不滅，看顧我的其中一眼有虎眼
媽媽的眼。女兒叩拜
訣離咫尺

136

前往臨濟寺，再度搭上凱迪拉克
地藏菩薩佛號依然努力地
為眾生贖罪唱頌
母女這般的牽扯，一切有了
征戰過後的燦爛光華

車子離開二殯，車窗外有山林
樹影搖曳，女兒這回真的是
讓媽媽縱虎入山了

走進臨濟寺，進入解脫門
才想起，送葬師在我們入寺前
早就離開了
不說再見的人

臨濟寺接手，正統佛教儀式
接引靈魂，師父帶引念
阿彌陀經，天上放光
蝴蝶翩飛。眾鳥繞塔

等待對年，媽媽將和歷代祖先合爐
一年後，也許
舍利花
開成一片花園
骨灰罈，像童年的糖果罐
小小的，苦時光換來的
比一個凱莉包還小的奢華

媽媽微笑著
在萬靈塔裡
女兒看她是最美的
注目轉身
走出解脫門
從此，放開掛念
一絲不掛
一起解脫
穿過，回頭是岸
不回頭也是岸

137

黃昏的中線

17:37

停格的時間

冥陽分界了

結束我們仨（阿蒂即將換阿嬤）

以前，女兒是媽媽的

從此，媽媽是女兒的

七，是真理，是幸運

解脫門外，報信鳥在

天空寫字

從此報喜

一個人
跟一個人

· 從陪在不是我的路上
　轉為走在我的路上
　成了移居到幸福里的女人
　虎媽的老窩，無風格的大嬸風
　貓女兒的新窩，無印良品加
　波希米亞風

· 失去媽媽過多久了？
　女兒打算在這間老房子裡
　將自己住老
　那必須邀莫札特安魂曲
　一起入住，安魂，深刻
　哀傷地伴著黃昏時刻
　訣離的短暫，痛哭流涕的人
　就靜靜坐著，還在收拾的沿河
　病屋，疾病的隱喻彰顯在愛裡
　像是那條不再流動的乾涸血管
　皮薄如紙的肌膚，被我小心
　塗著的傷口

· 老房子的光線氣味色澤，飄散
　空氣中的霉，塵埃，門把鬆脫

木門刮痕，咿呀作響
老鄰居見到門開嚇了一跳，彷彿我是女鬼
房子空好久，老鄰居細看說，是女兒返轉
不再說話，她只是搖頭感嘆，我知道她知道了
彼此安安靜靜。她們認識多久了？

· 隔壁左側的一樓阿婆在廊下賣衣服，燒給媽媽
　的一件新桃紅外套是跟阿婆買的
　阿婆賣了好多年，只賣冬日一季，沒看她進貨過
　但一賣十多年，東北季風一吹，阿婆就推開她的拉門
　在廊下擺著攤，大半天無人光顧的攤，年年執意要賣
　感覺她要把這些衣服全賣掉才收攤
　媽媽從不買，說衣服太多
　聽來並非不喜歡
　戴著口罩，阿婆沒看出我是老鄰居的女兒
　八百元
　桃紅討喜

· 搜尋老房子住址，看見舊景
　底下還是媽祖仁后宮，竟看見
　媽媽背影。我截圖。一年半載
　仁后宮媽祖搬走，等不到媽媽回來的

媽祖也搬走了，沒有機會和媽祖說
媽媽走了

（廟公擲筊三十年都沒搬走，年年擲筊，都說媽祖要留下來。留成
仇了，虎媽後來和廟公吵嘴，因有一回我和媽媽在路口嚇懷了，老
公寓前方煙霧瀰漫，以為大火，跑近一看才見是宮廟柱子旁的香
爐燒的金紙過大，竄燒悶燒。媽媽說這樣煙澎澎，對空氣對健康毋
好。再次希望廟公遷走小廟，廟公又說擲筊不成。現在清淨，沒有
乩童聲響，沒有劣質香品襲鼻。但為何我突然想念媽媽的閨密媽
祖？這是我第二次無預警在衛星影像上撞見媽媽，曾有一回打開電
視新聞竟看到媽媽，她在某個人群中好奇觀看一場糾紛事，媽媽
竟是好奇之人，原來也是適合寫小說之輩。她把這份寫作傳給了
我。）

‧突然醒來，清晨黃昏？
　傳進不遠處的菜場臺灣口語
　瑟瑟，色度，按安呢，王盪
　沒有媽祖的小巷子
　左斜對面來了武財神（媽媽要我有錢）
　右斜對面來了一個出家人
　中間路沖對去的幾間人家有一樓一鳳
　穿著高跟鞋的老妓女與推著輪椅的移工

交錯在我推開窗的眼前
空氣不再纏繞著煙塵
沒有乩童桌頭的敲敲打打（但有刺龍刺鳳）
沒有搖鈴敲鼓（但有暮鼓晨鐘）
出家人的讀書會黃昏會念經
武財神的八家將在初一十五跳舞

・把許多醫療器材公司和藥局的會員卡
　丟棄，彷彿也把多年的陪病地圖隱沒
　而去。但卻阻擋不掉簡訊，買一送一或
　買大送小。桂格牛奶安素包大人來復易
　像是記憶的雷區，使早已離開的人，不斷
　被炸入陪病時光所經歷的一切，起伏的心緒

・媽媽在這條巷子走進晚景
　女兒也將接續走進這晚景之路

・開始黃昏時刻要站在路邊
　一個人倒垃圾
　騎樓下，每雙鄰居的眼睛
　都看過媽媽

．一個人煮東西
　廚房保有媽媽的原貌
　老紅磚貼的低矮，爐具一放剛好我
　赤腳的高度
　擺上很多綠色盆栽
　假想結廬在人境
　陋巷也有春天

．媽媽的舊老窩，那耗電的
　不斷發出怒吼且冰塊溶冰發出
　聲響的大冰箱終於還是送走了
　取出冰了七年的冷凍庫
　像是南極冰山暖化
　擠著紅白條紋的塑膠袋
　裹著陳年食材
　吃剩餘食物的習慣，媽媽
　在廚房的過去幽影現身

．小時候發燒，媽媽把我
　往牆上一靠
　南方的牆吸滿了寒氣
　逼走了燒熱。不用藥的年代

治發燒的免費方法

‧聞到虎媽的氣味
　下山的虎，循著貓女兒
　腳印來到身邊

‧北藝大上課，沒有人發現我
　剛失去媽媽。因要跟助教請假，所以
　有個學生知道了，她帶了一束紫色桔梗花
　買花時學生跟花店說，要送的對象很女性
　很溫柔。花店選了紫色桔梗與紫色薰衣草
　很美，像我買給媽媽的臨終
　壽衣

‧臉書交友訊息突然跳出
　一個熟悉卻又陌生的名字
　送葬師
　啊，必幸福
　一張瘦削
　刻苦的臉
　是他
　但必須刪掉
　這名字

揪心

· 不說再見的人，也不在虛擬世界
　相逢一個不想和他成為朋友的人
　但我謝謝他，尤其是媽媽從停柩室移靈時
　他高喊一聲，跪的長音，接著又大喊
　老菩薩，○○○○，起靈
　老菩薩一詞，入耳，淚眼婆娑

　但仍不能和他成為朋友
　我不想在臉書不時見到我在
　最傷心時遭逢的這張臉
　因為那將勾起我漫漶的傷感

· 腎上腺自此低落
　傷心展開旅程
　除戶，媽媽徹底要消失，被除去名字
　但並不抹掉記憶。只要我持續呼喚她

　請問辦什麼事項？
　幫媽媽除戶，手上揚著
　死亡證明書

機器吐出一張號碼，我腦中閃過
醫院的掛號或者福音機的紙條
去過之地已成過去式
也許這張號碼可以買樂透？
曾經想過拿著媽媽的身障卡
開獎券行，讓悲魔樂透

．爸爸還在嗎？入口義工想起什麼事
　地追問。不在。原來如果爸爸還在
　就要問爸爸的身分證背後的配偶欄
　要從此空白還是仍放寫配偶的名，但多了
　歿字

．如要加上註記配偶歿，要一併將
　妳爸爸的身分證換發。我忽然明白
　爸爸過世後，媽媽並沒有換發
　她的身分證，她的身分證配偶欄
　是永遠空白的，而不是在爸爸的名字
　後面加上（歿）字

　配偶欄空白，從此自由
　聲浪起伏灌入耳廓的

203

都是未亡人在處理亡者的
人間痕跡，微小物質或者可能的
爭產，身分確認
未亡人可以是像我這般的女兒
或是配偶或是法定繼承人，或是同居者
身後無人者就會出現殯葬人或者
有亡者名下的管理人或者聲請死亡的宣告者
或者亡者的利害關係人，或者生前受委託者
好多或者，或者好多

· 一人離開，雞犬不升天。畢竟很多人
最後整個世界只剩下一個人，無緣
死，無緣，沒有和死者有關係的人了
死亡登記這一區聲音熱鬧
和其他櫃檯前的聲音競比，也不遑多讓
結婚登記出生登記土地登記
他們臉上都笑呵呵的，只有
辦理死亡登記者如我
才掛著一張弔唁哀傷的臉

媽媽淨戶離開
裸退地球

領到除戶證明，接著準備除去
媽媽之戶，先是戶籍
再是戶頭

終結媽媽的戶頭
郵局與銀行
沒有多少錢
但有很多的過去

· 這是我第二次來到蓋得很像公廁
貼滿小磁磚的老戶政事務所
因為結婚出生土地都和我無關，一輩子
無關，從來無關
但我十八歲來過這裡，偷偷辦
助學貸款。別誤會媽媽，媽媽有給足給滿
我的宿舍費學雜費，但後來被我挪用母款
改租了校外雅房，就為了不要門禁
媽媽後來還是知道了，被她連續罵了
兩個鐘頭。妳膽子真大，住外面
很危險。現在
回想起來，有媽媽罵
真好，即使被罵

破麻破姬芭
都好，比之於那般無望地墜入深淵的
失語。而我早該知道媽媽的話是寶

‧我果真遇到危險。十八歲首次站在
　愛情的險岸，首次流淚為了自以為的
　愛情。我在校外租屋的那棟樓裡遇到
　我人生的初戀，一直糾葛到畢業
　尊嚴盡失。我在十八歲
　辦助學貸款的櫃檯，淚光
　閃閃，想著往事，想著
　叛逆。想著媽媽的好，那時
　不明白媽媽的好
　明白時，媽媽已成
　標本

‧從戶政事務所走到社會局，繳回
　身障車位停車卡
　（有一次我用錯字眼，寫殘障車位，被讀者來函更正，身障不代表
　殘。）

　這是唯一一張媽媽病重時

拍的照片，因為要證明她的
級別屬重度身障

這張卡曾想可以和媽媽
去賣獎券。作家無業，作家
無薪水可領。可以賣樂透
我曾被這張卡羞辱，外人以為的好處
哪裡體會得了家屬用這張卡的辛酸心情
誰要這張卡？

羞辱式的問句
身障者在哪？
因先送媽媽到復健診所才轉過來停車
（難道要先停車再送她去）
去公家機關辦事，停好車後，停車場管理員一副懷疑表情
吼，抓到投機者的表情
照樣問身障者在哪？
（先送她去隔壁的聯合醫院才過來停車）
不相信的語氣，我看妳是衝著身障車位
四小時免費又好停，才開車到處跑？
只因我下車時手上正好拿著一杯咖啡
我看起來很優閒，就不相信我是

扎扎實實的照顧者？

有時穿太好看停身障車位
竟被行注目禮
還有警察過來要取締的
我指著玻璃車窗上的標籤
警察看一眼才喔了一聲離開

· 去電社會局輔具回收單位
妳有哪些輔具要回收？
電動床，便盆椅，輪椅
輪椅是像醫院的那種簡單款還是別款？
輪椅可以整個搖下來變成床，如果臨時病人去醫院
需要診療就不用搬到床上
用沒幾次還非常新穎。我好像說太多了
像是一個業務員似的
（我腦中閃過當時醫療器材的人員還來為媽媽量腿骨的長度，從膝
蓋到腳板，訂製款。虎媽當時看到量尺，還以為是死神來量棺材
了，一直把量尺推開的往事。）

好的，那請問便盆椅有輪子嗎？
有的

對了電動床上的床墊我們不收喔

床墊還沒拆，因為後來都用按摩氣墊

好，我們到時候再評估是否可以回收

哪一天會來收？

從今天算起十天內，例假日不算

我還有很多復健器材

哪些呢？

搖搖樂，轉動手腳機，蒸腳機……

我們只收輔具喔

喔（我心想那幹麼問這麼多？是怕我搞不清楚輔具的定義？）

謝謝妳，假日不算，十天內，等我們電話通知

謝謝

・改採視訊上課

　並非疫情

　而是母喪

　沒心情

・結束視訊去花市買

　進財樹，我需要財

・二手物可以收

遺物不收

・搬家，去宜家。卻有
　無家之感
　有媽媽在的地方就是家
　現在我又成了流浪者
　感情的流浪者
　沒有家的人在宜家

・以前上午起床後，都是屬於媽媽的
　要入睡前也是屬於媽媽的
　現在可以睡很晚，也可以很晚睡
　朦朧間突然手機大響。對方說
　我是殯葬管理處主動關懷組的人
　請問可以耽擱一兩分鐘嗎？
　好的（我很好奇），是詐騙嗎？
　請問妳在整個過程感受到圓滿嗎？
　還可以，就是二殯沒有停車位，很不方便
　正在改建所以請包涵
　沒關係，結束了啊，心想到底他要關懷什麼？
　請問有殯儀館的人跟妳索取紅包嗎？
　沒有（其實紅包都包含在整個喪葬費了）

好的，請問有人跟妳強迫推銷生前契約之類的嗎？

沒有

好的，謝謝妳

謝謝

請節哀（最近常聽到的結語，就像叫美女般）

（後來看新聞，殯葬處竟真的收賄，多年來都把紅包裝在屍袋）

‧在社群社媒將死訊輕易貼出的人

　如何回應大量的「請節哀」字詞？

‧去看牙醫，想起無牙的虎媽，送葬師說媽媽不會吃子孫食祿

　天母，乾淨明亮的地方，很多日本人，牙醫師很有耐性

　（在這裡大概超過十年了，彷彿是我的家庭專屬牙醫師，避免我變

　成狼女吐出尖牙〔媽媽都說豬公牙〕或者變成老人無齒之地。）

‧氧氣鋼瓶來收走，提供媽媽這幾年氧氣不時之需

　用租的，租到連業務員都換了好幾個，甚至忘了它的存在

‧新窩一帶的討生者多

　老男人與老女人齊歡

　K歌坊。吃熱炒，也吵得不得了

　老公寓騎樓外有一株長得很美的秋楓

木條式的柵欄窗景內常見一個讀經人

暮鼓晨鐘，有一個不認識但卻是同路人的

僧，我也跟著敲磬，讀經

看佛

佛看

‧如我的小說預言所寫，龍米藥局來電

要我記得拿媽媽的健保卡，好讓他們可以去

領管制的安眠藥。上次就打來了，但一時說不出口

就說好。這次就說了，謝謝，媽媽已往生

聽了多年的藥局通知電話的熟悉聲線，突然愣了一下似的

斷了節拍。好的。（換我斷了節拍，突然想起小說寫的情節

大約是女兒去取了藥，她拿著那些看起來名字

甜美的藥，想著媽媽的病苦人生，最後把藥丟到垃圾桶

真實是我沒去領，畢竟藥是資源，不要浪費。）

請節哀。對方突然這樣說，那是一個微胖的女生

感覺那間藥局的藥劑師都是學姐妹的關係

請節哀。古典的訣辭

哀感謝。古典的回辭

‧媽媽過世後，首次出席某擔任決審的文學獎頒獎典禮

出去透透氣。沒有人知道我剛失去媽媽

因我以前就常穿一身黑衣
生物學家說每一種物種都存在極端的個例
他們會因某個極端事物而否定自己
顛倒自己

· 每段遠去的痛，都像是青春的殘骸。殘骸見證一段時光，一
　個印記。人走了，紀念物，表經歷過的愛與痛苦淬鍊。這紀
　念物隱含無形與有形，可能是回憶，可能是物品，可能是午
　夜夢迴的傷心，也可能是故事。剩下殘骸，卻是用生命時光
　所換取來的。

· 有太多人的人生結束
　要回收傷心輔具
　等待多時，回收人員來了
　床墊不要，即使是新的
　舉凡任何墊子都不要
　給了一張領走的單子
　單子上印有八里愛心教養院
　媽媽最後的居所
　電動床輪椅便盆椅
　他們就近往我去當過幾次義工的
　八里愛心教養院送

我看著長廊上被推遠的電動床
想日後是哪個阿公阿嬤躺在上面呢？

・去臨濟寺看媽媽
　帶著兩只黃水晶老虎
　守著虎媽
　忽聽得靈骨塔的萬靈說著
　土葬火燒總由他
　氣盡，皮囊便撤掉

・最後撤八里佛像
　佛物佛經
　最後撤走之物
　我的心遠離這間房子
　恍神，或者習慣使然
　搬家後，開車回八里
　竟錯過下成子寮五股出口
　一路穿越觀音山
　夜晚的隧道，山色
　霧氣，視線不佳
　媽媽，一路在
　減低了畏懼

還沒卸下的佛，也在
如果被攔檢應該會說，妳開佛具店
上回車內都是衣服，攔檢警員說
妳開服飾店啊？

· 守靈的日子看農曆
父親忌日也看農曆
手機行事曆昨夜即提醒父親忌日
忌日，要祭
這段時間祭祀都以媽媽為主
以媽媽為主，媽媽恨酒
媽媽的百日，重疊到父親忌日
父親一生愛酒，無酒不歡
還是祭酒了
看看案上的爸爸牌位，彷彿他也在笑著說
汝媽媽最恨吾飲酒，妳不喝酒
媽歡喜，是很好

以往只拜早逝父親
現在父母終於合靈（不合體）
但媽媽應該不想合靈

想起早年女兒幾乎是
父親個性的翻版
酒水充斥
就像在釀酒似的身體

．告別七年
　有媽媽有阿蒂的日子
　空蕩蕩的房子
　父死路遠，母死路斷
　斷的是明路，暗路的相思
　則萌生更烈
　一個作家一生都在
　動員文字，但失母
　之慟，卻無一字可述
　無言之悲，悲中
　之悲

　痛苦提醒著過去的喜悅都是真的
　複製人能生育就能意味著他們可以
　主宰世界，比人類更像人類
　但一個錯誤的關鍵設計，藍眼珠綠眼珠
　回憶的編造師

．瑞秋就是重生

Rachel-Rebirth

有時愛一個人，你必須學著

當一個陌生人，如此才能轉身

女兒卻不要媽媽變陌生人

．彗星撞地球

要去攔截彗星的太空人

帶上星球的讀物竟是

金銀島和白鯨記

我讓媽媽帶上極樂星球的是

阿彌陀經

．七年養虎媽，大概花了

足以購買一間八里中古屋的金額

但這是子女的榮光

永遠的桂冠

．人的所愛所憎，如此渺小，渺小到

只願守候一人過日子

都不成。天地有時盡，此愛綿綿

‧這天交屋，將養了七年的虎媽病房交還給房東
　最後幾樣物件才陸續搬空。房東腳有點跛
　說是打球被隊友打到而受傷
　我想也是，像房東非常重視養生與紀律的人
　應是意外造成。上次見他是租房子的時候
　房子就像現在一般，物歸原主，只是
　牆壁多了霉，到處潮濕著一張臉。其餘都一樣
　但時間已經過了多年，他說看到我得大獎
　他跟朋友說我的房客是大文豪

‧風總是在旅行
　中風的媽媽已隨風而去
　不旅行的她
　一飛千里
　和我道別

‧最近狂吃糖與麵包
　生活太苦了
　尤其常買杯子蛋糕
　媽媽最愛吃的蛋糕

‧為愛立碑
　　媽媽離開後，我第一次在台北
　　逛書店。八里潮水聲轉成
　　市井聲。感覺與媽媽同在
　　每個人都有自己受苦的
　　旋律與排遣悲傷的節奏

‧靈魂的重量，我在媽媽的骨灰罈
　　看著我為她挑的肖像想著
　　拓燒至骨灰罈的肖像被我修得
　　很美，媽媽不在意靈魂重量
　　她在意美麗與金錢

‧媽媽告訴我，早年鄉下有台洗衣機
　　那簡直是夢幻之物。機器可以幫婦女
　　減少家事勞動，走出勞力，多了時間
　　關注自己的靈性，但媽媽喜歡洗衣機
　　不是因為時間變多了，也不是關心靈性
　　（她沒聽過這個字眼）
　　而是她喜歡清潔，所有的衣服被洗衣機
　　捲滑滾刷甩開抖動，烘乾
　　空氣飄著洗潔精的味道，使她不再是個
　　在市場打拚的女子漢

．但我的衣服常被她洗成花衣

　我喜歡用手洗，緩慢洗著搓著

　尤其洗媽媽臥床的幾套棉衣

　刷洗得潔白

　無菌無病

　如初

．物件背後的慾望

　把我們的愛憎緊緊纏縛

　收拾遺物，是磨心也是告別

　儀式，要丟掉多少遺物才能上路

　媽媽的電動床，床墊，床巾，毛巾，枕頭

　租來的病房，以為隨時可以在媽媽往生後離開

　就像把記憶刷掉一般，租屋利於別離，也利於以後不會再想起，但記憶的曲線，並非如此。整理的過程仍要了半條命。尤其剛從告別式返家後，整間屋子都是媽媽病後歿後的遺跡，沾滿媽媽最後時光的物件，服務病體之物，日日都在和病菌作戰。媽媽未生病前也經常參加旅遊團只是媽媽是車上睡覺或者醒來跟著唱唱卡拉OK，然後聽聽葷笑話下車尿尿或者亂買紀念品。媽媽的老客廳茶几永遠有花生糖酸梅太陽餅鳳梨酥，還有奇奇怪怪的一堆膏藥擠滿了抽屜，萬金油青草膏萬用膏痠痛膏沒有一罐是用完的總是重複買了又買

．在告別式後，孤獨才真正爬進了心
　這間屋子成了和媽媽最後相守之地
　每天從城市奔回媽媽房間已成多年的
　習慣，原來痛苦久了也會變成習慣

．回到只剩一個人的屋子，起先有點害怕但這種害怕逐漸被之
　前好幾次媽媽從這間屋子被送去急診的經驗克服。一次次送
　媽媽去醫院急診一次又一次回到這空蕩蕩的屋子。轉動鑰
　匙，打開門瞬間，氣味沾粘的尿騷味，來不及丟的尿片或者
　媽媽嘔吐在棉被枕頭衣物的氣味。打開窗戶，噴灑除臭劑，
　除不去的氣味。這是第幾瓶除臭劑？堆起來就像媽媽靈堂隔
　壁鄰居那堆得高高的啤酒山與汽水山可樂山送葬師問我要準
　備嗎？我斷然搖頭，所有關於靈堂的擺設以此最讓我感到奇
　異的一種難以言說

．先是嘴巴，接著眼睛、鼻子、耳朵
　媽媽有順序地關掉她的感官
　無眼耳鼻舌身意，無色身香味觸法
　媽媽最後關掉耳朵
　入滅，寂滅

・在聽我喊了最後一句
　媽媽請放心
　汝一心直去
　往最亮最亮的光走
　比太陽熾亮千百倍的
　光，一心直去

・陪病虎媽的那場法國隊冠軍的世足賽，聽說當時高原人為了看世界盃足球賽，得不惜一切代價。如何不惜代價，要拉電，拉電纜。喇嘛在廟屋頂架起小耳朵大耳朵。一個旅人帶來了金屬蘋果，老小喇嘛爭相看著那比經書還小上許多的蘋果，平板上那顆閃亮的蘋果，像是心跳。看不到螢幕的幾雙眼睛盯著銀白發亮被咬一口的蘋果看著，聽著前方傳來的訊息。奢華是傾其所有傾其所能地完成目標或得到目的物。凡俗的另一張臉有沒有可能是神聖？

・奢華大概就是如此，不惜一切代價
　浪漫大概就是如此，明知不可而為之
　媽媽病前又節儉又不浪漫
　媽媽病後既奢華（一躺七年）
　又浪漫（以此愛訓練女兒餘生可孤獨）

‧女兒喜歡獨處，但喜歡
　獨處不是等於喜歡孤獨

‧正式回到一個人
　連續下了彷彿是
　一輩子的雨，呼吸
　都能吐出魚的潮濕
　媽媽離去後，雙魚女兒
　更是長出了鰓，可以潛到
　淚海

‧曾經那麼容易哭泣
　一丁點風吹草動就
　哭泣的人，一粒沙
　吹進心，就會瓦解
　一座大海

‧罌粟豔麗如愛
　提煉卻是毒
　毒與愛都是我

・開上大度路，慣性
　我忘了已不住八里了
　從大學念書就奔馳的
　大度路，如今已成小
　路，迴轉，往南去
　北城，海水的盡頭
　成了轉瞬一夢

・買快篩劑
　快篩，分陰陽
　我和媽媽也分
　陰陽，兩地
　相思

・下雨鎮日，媽媽的老屋竟需要打水
　我感覺自己是古井幽魂
　馬達震響，大口喘氣
　聽見水逐漸被打上來
　女僕打水汲水，為媽媽煮頓飯
　今天要祭祀

・媽媽入夢初夢
　圓滿的失落
　失落的圓滿

・辭生
　往生

・哀感謝

　繼續活得像一本
　待完成的小說
　歷驗種種，種種
　歷驗

・失去媽媽第二個月。滿溢著
　媽媽生前的那種意志與努力
　縈繞著我浸透著我，使我長出
　鋼鐵
　玫瑰

・想起疫情嚴重時新聞在吵
　二十四小時火化

有的遺體被迫在車上入殮
這真是讓家屬傷透心啊
媽媽有幸，她有長長的
時間，讓我告別，讓我念經
緩慢入殮，緩慢停棺
緩慢火化
成灰

· 明白想退隱人群的感覺
除了佛經，除了寫作，沒有想要
和其他事物相連。沒有地方要奔赴了
世界調低了亮度，只剩下子夜發亮
（月亮與金星相伴）
寫作是目前唯一的治療國度
佛經是永遠朝向抵達的國度

· 整理媽媽的照片，年輕時
她蹲在木瓜樹下與澄清湖
我與她在北回歸線紀念碑
童年與她最長的一次旅行
我們與和她最親的堂姑
爸爸的堂妹。堂姑的婚事是

媽媽作媒的。那時候的堂姑應該
很年輕，我們曾一起旅行
那時我才五歲左右，有一天堂姑
來家裡玩，媽問我，要去堂姑家玩嗎？
我點頭，哪裡知道到了晚上媽媽還沒來
隔天也沒有來，隔天的隔天也沒有來
我這一住竟住了一個月。每天我都到村口
看不到來接我回家的媽媽，聽說每天都大哭

過了七七四十九
百日，轉眼來到

・月亮圓亮。原來是十五了
又到了要拜拜的日子，初一十五
吃齋，想媽媽
聽說這是月球距離地球
最近的一日，隔三十七萬多公里
一直在前方引領著，我的前進
的媽媽回魂來，躲在
一炷香裡

．一個獨孤老人
　的裝備：不求人
　抓背
　拐杖
　老花眼鏡
　代步車
　洗澡椅
　手機
　包大人

　擁有的最後是
　只為了空有一切

．世界依然殘破與喧譁
　烏克蘭戰爭硝煙未了
　世足賽又開打了，雙腳
　強健，球到處飛
　那時，我守在臥床媽媽的床旁
　按摩她再也無法動的腳
　下回再踢，媽媽雙腳
　一蹬，不玩了

· 窗台植物綠意盎然
　我搬回媽媽老窩之後
　綠手指復活了它們

· 媽媽離世，我正式告別
　那生活多年的山與海
　墳塋鬼眼的山，老靈魂
　很善良，讓我安然航進
　一個人的生活
　一個人的餘生

· 開始過倒數的人生
　時間就是生命的本身
　每一天時間的流失就是
　生命的流逝。死神不挑年紀
　是日已過，當救頭燃，寫這句話
　提醒自己，但提醒歸提醒，一滑手機
　就忘了火已燒到頭了

· 時間是一把傷害的刀
　也是智慧之劍，殺活可同時
　寫作與死者協商，逆反時間
　只有，臥床者的時間，靜止

‧夢中聽到失去身體
　的靈魂，高喊，要回來
　媽媽，快跑
　火來了
　別回來

‧在靈骨塔和媽媽玩自拍
　最後一張母女合體相片
　從靜下來的病房密室撤走
　媽媽住到了有如罐裝的康寶
　沒有濃湯只有骨灰的
　小小罐子，明亮又乾淨的地方

‧因為有媽媽的愛，冬日我不怕冷
　但我怕那滾燙的愛，躲藏著殺氣
　怕死去的愛，從冥府裡竄出來
　我怕它們搶著與貓女兒
　一起分享虎媽媽的愛

‧曾經我在河邊寫了像詩像日記的字給媽媽
　放進淡水河邊的紅樹林裡，等待河水
　送走我的思念

‧ 字一個一個飄在天空
　寫字，直到火焰消失
　毀滅吧，我的愛
　我聽見媽媽從空中傳來的
　喜悅，吶喊

‧ 媽媽說我是任性的人
　後來我曾遇到比我更任性的人
　他說整個下午與往後的整個下午都會
　想我。他且搶先說出愛這個莊嚴的字
　在天亮之前，突然我覺得他可能被媽媽
　附身了。這話太強大，太失真，太輕易了
　我聽了十分脆弱，很不習慣

‧ 心理學認為一件事連續做二十一天
　有可能轉成習慣。七年，這是幾倍的二十一天？
　我數學超差，誰可以算給我聽？

‧ 我不習慣媽媽臥床的事實。現下要花上
　更多的二十一天，來習慣媽媽的離去
　人是習慣的總和，在這個

總和裡，有些習慣就是不習慣
即使過了很久，還是不習慣

・媽媽不在了
　突然進入還沒撤退的病房，會被
　突如其來空掉媽媽的巨大電動床
　嚇到，有如前方河床的電動床
　送走了媽媽。就像紅眠床
　送走了媽媽的
　青春

・生離，死別，學習
　之難的必要學習

・脫隊，在霧中穿行的媽媽
　遊蕩在貓女兒的冥河之夢

　靜靜地傷逝。撐過思念起伏
　往事倒帶，媽媽色身的凋零
　早已腐朽？女兒凝視的臨終
　之眼，讓腐朽之地開花

‧夢中，我聽見蟬鳴

　尖拔合唱著生之慾

　那是媽媽的聲音

　呼喚著貓女兒呷飯嘍

　貓女兒繼續看小說看漫畫

　媽媽的聲音轉烈

　要吃不吃清彩妳

‧相思，但淚莫再流

　漫長如雨季的病臥

　苦化塵埃，遠方雷鳴

　彈出，生之熱情

　貓女兒走到老貓的

　餘生啟示錄（路）

‧驚蟄。蟄伏冬眠驚醒

　萬物萌發，雨水豐饒

　春耕春耘，春雨降下

　貓女兒從失去虎媽中

　驚蟄，此後餘生

　從此翻頁，三六五的

　一格格日子裡，自此多了

　一個紀念日

・轉眼將翻頁

　媽媽來年要合爐

　但她不是要和她不熟的

　列祖列宗合爐

　她想合的是愛

　和愛合爐

・百日之後

　首先來訪的是孤獨

　缺了一角的圓

　聞著滿城騎樓屋頂路邊的

　炭火味，在氣味中我回到了火葬場

　媽媽落地成灰，色身轉成物質性之地

　重陽耶誕除夕，節日都跟媽媽無關了

　但每天的黃昏到來，都是媽媽時間

・不再等待媽媽睡去我才入眠了

　沒有人等待，不需等待的日子

　除了，等待虎媽「對年」來到

　對年，開罈，屆時，我將看見夢裡花絮

　舍利水晶，舍利花海

生前色身發黑，火化卻如初雪
乾乾淨淨落了個大地
窗外落滿梧桐，初雪日
和媽媽重逢

媽媽離開這座海，我也離開
從蕭索走回喧囂，愛與死亡
以前對面是山是海
現在對面是八家將
人山人海
我一個人和無數的
一個人

• 夢中我哭著很久很久
才發現後面追著我的大浪
已經退得很遠很遠了
被推上岸的沙淚
也已曬乾
照耀星砂的光
來自極樂星球
一枚菩提開花的
塵暴

．我從靠海的米倉村
　落腳媽媽的幸福里
　媽媽的晚景之家
　送走媽媽，迎來女兒
　打掉老舊發霉的隔間
　拆除衣櫥，重鋪地板
　抓漏，換電線
　保留木門，留下老窗
　與紅磚老流理台
　留下美而老的東西，準備
　在此老去
　媽媽說住進這老屋
　妳的腿要好（爬樓梯）
　眼睛要好（空間窄仄）
　心要強（耐得住寂寞）
　錢要夠（我以前最忽略的）

．同時，耳朵要耐吵
　以前對面是潮汐是鳥鳴
　最吵是蟬聲
　現在有八家將，總鋪師，修車廠

泰式足浴，K歌坊，一樓一鳳
還有一個出家人
騎樓下，那間傳來暮鼓晨鐘的屋子
路過可見木條紋的窗後有青燈古佛
有茶香飄來經文傳出，綠色植栽
竹林翠青，同道人，從此同夢長安
或者菩提迦耶鹿野苑恆河
給孤獨長者，我為同道人取的
代號，給予孤獨者安慰的人

· 經常電視停在卡通頻道
　就像六歲時看卡通笑著
　媽媽在旁踩縫紉機的時光

· 從頑皮豹轉豆豆先生
　從史奴比與小蜜蜂換我們這一家
　從湯姆歷險記轉湯姆貓與傑利鼠
　從無敵鐵金剛換櫻桃小丸子（還在演）
　我感到媽媽也一起在看
　我們這一家與豆豆先生
　最讓悲傷人開心，回到童年
　那顆直直而去的直心
　不變，直心

‧這是一間迷你屋
　以前住著媽媽一人
　現在住著迷你貓我
　還有老是掛在牆上的
　壁虎，微小如月牙
　指甲片，夜晚發出
　叩叩叩叩叩叩
　我的，新鬧鐘

‧媽媽以煙入道
　也許不重返也許
　等待重生
　如果再相逢
　她將是最幼齒的
　而我將是老貓
　老女兒

‧安頓好新生活，掛上虎媽
　肖像，結界，她保護貓女兒
　舉起鬼滅之刃，掛上桃木劍
　從此，我是幸福里的女兒

從開車的谷歌經緯度轉成

在捷運吞吐我的步履

要避免膝蓋不好

要小心眼力不佳

往返菜寮，非常土地

的站名，有媽媽的

雲林味道

‧有時會，情不自禁地

到行天宮，買肥咚咚的不老麻糬

走到一座我不運動的運動公園

吃著，看著，想著，念著

或者去龍山寺，吃米糕粥，喝綠豆紅豆土豆湯

或者去三重埔，吃五燈獎焢肉飯，新竹肉圓

或者去淡水，吃阿給魚丸湯包子，糯米腸

一定要加買的是一盒喜餅

（媽媽不吃炸物，好習慣。但她吃太多藥，這很糟糕）

或者看看二秦二林的線上老電影，聽聽

紀露霞鳳飛飛的歌，媽媽喜歡的影歌星

（她的食物沒更新過，她的偶像也沒更新過，人與物都是古早味，

除了衣服她喜歡時尚之外，其餘她喜歡古早味，或說也不是喜歡，

只是沒有機會更新，就像一台當機的老電腦，停格在過去的時空。
又或者，她喜歡一個人一個東西就是一輩子。）

就像她愛女兒，她不全心全意
但她不變心

‧當我情不自禁時，我知道
　我想念媽媽了
　想就想吧，想久了
　想，自動就會離開
　就像煩惱，煩久了
　也會不耐煩

‧再寫下去，連伊都說
　莫閣寫媽媽了，媽媽
　沒啥好寫啊

　就此就此，畫下
　思念的地圖
　抵達，重生的
　死亡線

・百日，第八殿都市王
　對年，第九殿平等王

　三年，第十殿轉輪王
　有的頑執靈魂這一年才喝了孟婆湯
　經轉輪臺，發往四大部洲，投胎去

・我知道媽媽頭七早往生，她給了暗號
　往後的七七，百日，對年，三年
　得過關斬將，闖過無數守關的王
　我的祭祀，是一種慎終追遠的儀式
　是相思是懷念
　是比永遠多一天的祈福

輯 III

阿蒂們

・我們仨裡面，總有個女兒（偶爾兒子）

　一個阿嬤或者阿公

　達蒂（我家的），雅蒂（對面的），娜蒂（左邊的）

　洛蒂（羊肉爐店的），海蒂（前方工廠的）

　莘蒂（靠海邊的），妮蒂（在老街的）

　因為賴，她們認識

　假日我家是她們的熱點

　在這裡抖音

　罵雇主或者團購偽名牌

・她們說著幫阿公洗雞雞時被摸胸

　（但有阿公給鈔票讓她們不語）

　她們有人不願意照顧阿公

　也有願意照顧阿公的

　但條件是家裡不能有阿嬤

　因為阿嬤會不高興

　她們有的會被失智阿嬤抓打捏

　她們有的被工廠過度超時的工作累死

　（還逃來我家睡了幾日）

　只有我的達蒂笑咪咪說

　我們家小姐很好，很漂亮

　且她不愛吃我煮的東西

　（我的廚房是她的原鄉夢幻天地）

．當初看著仲介寄來的網頁上
　有無數的阿蒂們
　我像是在看郵購品項似的挑選
　我選沒來過台灣的
　年紀最大的
　結婚有小孩的
　有照顧經驗的
　處女座的
　於是，阿蒂來了
　（她可能太矮，在雅加達等了三個月都沒被選中）
　個子148
　體重56
　黝黑如土地
　只會叫阿嬤小賊（姐）
　謝謝對不起
　但她是新的
　我對她也是新的
　臺印初體驗

．我是，小賊
　阿蒂發音的小姐

有如我是媽媽
眼中的女兒賊

· 從此，電梯大廈
　替換她的原鄉矮屋
　從此，我的媽媽替換成
　她的印尼媽媽
　從此，我的紗裙睫毛膏高跟鞋
　成了她的新時尚
　她從一個鄉村農婦變成台北
　時髦女人

· 從此，地震颱風大雨
　是我們的土地共感
　從此，海水環繞的島嶼
　是我們相似的母土父水
　從此，香蕉芒果西瓜
　是我們共愛的香氣
　從此，我分享我的荔枝龍眼柚子
　從此，她分享她的波羅蜜榴槤紅毛丹
　她愛吃蒜，可以沒有飯不能沒有紅辣椒
　全身流著紅色基因的人

我不吃蒜，可以沒有飯不能沒有咖啡或茶
從此，除了媽媽的屎臭與酒精藥味
家裡四處飄香，植栽
憂鬱的熱帶

（我經常給阿蒂們衣服面膜化妝品，心照不宣她私下拿過東西，
同時包容她一直講電話滑手機，讓媽媽經常發生難處理的褥瘡。
但因為一路有她，母女雙人組有了我們仨。有時睜一隻眼閉一隻
眼，畢竟我曾是浪遊旅途的異鄉人，我了解異鄉人。或者平和地
跟她說我希望她可以幫忙的或者改進的。）

・阿蒂們處理陌生人
　的屎尿，外匯與網路
　是相思的囈語
　我們仨是彼此的
　異語失語無語
　語言的鄉愁替換成
　辛辣嗆香的食物
　每一個放假日
　她們都相約印尼店
　印尼店，包辦一切的
　匯款，食物，語言
　歡樂，哀愁

．媽媽臥床七年

　阿蒂來台五年

　（中間返鄉放假很久，有很多時日我當全職看護工）

　這些年，阿蒂說

　她一個月給媽媽一千元

　給老公和孩子六千元

　自己留在身邊一兩千元

　其餘存在銀行（等著回家買牛買地買房子）

　這些年，阿蒂經常預支薪水，她說

　她的哥哥過世（她要寄八千元給她的嫂嫂）

　她的叔叔過世（她要寄五千元給她的嬸嬸）

　她的小孩發燒（她經常要多寄兩千元回去買藥）

　她的小孩上學（她要多寄七千元學費給學校）

　她說的時候淚光閃閃，沒大哭，聲音哽咽

　直到電話裡媽媽胃開刀

　直到老公載小孩上學車禍（還好皮肉傷）

　我看著痛哭的阿蒂

　心驚膽跳，像是看著一個孩子的

　初心，那種毫無遮掩的感情

　在我的眼前渲染成花

我的許多漂亮純羊毛與喀什米爾圍巾

冬日要搭配時才發現失蹤，無意間發現

跑到阿蒂的臉書網頁

（她不知我有她的臉書，她的眼光不錯呢）

我拿著手機照片給她看時

她說小賊，偶只是借一下

好的，下次要先說喔

我是小賊，那麼她是大賊

我搖頭失笑起來

· 菜鳥阿蒂們來台前都把自己

吃得壯壯的，好讓自己看起來有力

菜鳥阿蒂先到雅加達仲介受訓

華裔印尼人教她們學講國台語

阿公要尿尿阿嬤要呷飯阿公要洗澡

阿嬤要吃藥，小姐先生女士，午安早安

晚安，老闆我要領薪水，老闆我不舒服

老闆我要請假，老闆我要……

我跟阿蒂說

不要叫我老闆

也不要叫我姐姐

（不想要有任何親屬感）

叫我小姐就可以

小賊

小姐

再念一次

小賊

好吧，就這樣

- 小賊，妳喜歡吃什麼？

阿蒂在家很會煮飯

（在印尼她是可以包辦喜宴的人）

都可以，不吃蒜不吃辣

很少吃肉也不太吃米飯

阿蒂看著我皺起眉來

難怪，小賊瘦瘦的

阿蒂胖胖的

（後來被我養得更胖，阿蒂也流行要減肥）

沒關係，妳煮妳愛吃的，我不吃

後來，家裡總是四處飄香

日久，開成一間南洋廚房

小賊，沒米沒辣椒沒油了

阿蒂胃口真好
米飯辣椒油炸，她的三寶
還叮嚀我，米不要買大包的
大包的米，放久不好吃

‧菜鳥家屬或者阿蒂們有一本
　醫院給的居家護理指導手冊
　她們照顧的阿公阿嬤們
　或者其他人，被稱為個案
　非上班時間，導管滑脫或病情
　發生變化可參考，或者送急診

　媽媽還掛鼻胃管時，有時護理師
　剛走，轉眼就被媽媽扯下來
　那時幾乎每天我們仁是醫院的常客
　或者居家護理師是我們家的常客

‧夾蘭，散步
　蘇素，牛奶
　我的舌頭與耳朵
　開始長出印尼話
　阿蒂，小姐要去夾蘭
　阿蒂，阿嬤要喝蘇素

・阿蒂們
　席地而坐，手抓食物
　滿足吸吮指頭的快樂
　靠海的病房牆壁吸滿
　辛辣辛香
　有辛酸要彼此傾吐
　辣椒是最必要的
　咖哩薑黃大蒜紅蔥
　椰子麵粉地瓜米飯
　還有天貝（最喜歡的印尼超級食物）
　有時為了吃炸物天貝
　我也會加入聚會
　我是第八個阿蒂
　她們稱我阿蒂小賊

・八里有七仙過海
　七仙女阿蒂跨海
　蘇門答臘爪哇泗水
　雅加達楠榜棉蘭萬丹
　我感覺自己彷彿是
　李鐵拐

．我家像是阿蒂們的

祈禱所

新麥加

我這裡最安靜

最寬敞

最自由

祈禱結束有加糖加奶

咖啡還有糯米製甜點

以及跳舞抖音

而媽媽繼續被餵了止痛藥

（嚴重時加安眠藥）昏睡

我沒阻止（甚至要她做）

也許昏睡對媽媽

是最大的安寧

然後，阿蒂們可以

短暫狂歡，她們也需要

近乎昏睡的遺忘

．達蒂瓦蒂娜蒂妮蒂姍蒂海蒂洛蒂

蒂蒂日記或者

我家曾有一蒂

而我是哀蒂
終結天可汗媽媽盛世的
末代哀蒂

· 看護照顧病人沒有牽絆
  智慧型手機成了她們手中
  永遠牽掛他方的橋梁
  使她們永遠都不在此時此地
  八百萬女性勞動者在各個他方
  她們總是從鄰城的馬來西亞打工
  逐步抵達海外，這種離家幫傭看護的
  勞動可以換取全家溫飽的物資，也使她們
  陷入永遠分裂的兩半，一腳跨在原鄉，一腳
  跨在浮動的病床。阿蒂剛來時還帶著古董但極其親切的
  按鍵式手機，一開始她用簡訊傳給家鄉人，沒多久就希望
  我能買支智慧型手機送她，從此她一解鄉愁，且舌頭又長出
  了母語

· 凌遲，是阿蒂們信仰的
  教義的最大罪。但她們照顧的
  阿公阿嬤都在受漫長臥床的凌遲
  為何他們要受這樣的罪？

她們朝著麥加方向做禮拜時
是否會發出這樣的疑問？

· 我聽到她們討論
　某知名男演員的阿蒂
　如果家屬分得了四百萬
　回家買地買房買牛買店面
　她們開始換算四百萬是多少盧比
　計算機出現爆表的零零零零零零……
　已經秀不出來了
　她們個個面面相覷
　吐舌咋舌，本來就大的眼睛
　睜得更大

· 那一年，休假返鄉的阿蒂
　和我視訊，說她回家花了六萬元
　買了一塊地，花了十萬元買了
　一間一樓房子，鄰近市場
　讓老公開麵店，雜貨鋪
　十萬元，我看著白色小屋
　哀嘆這錢我連付押金都不夠

・阿蒂回鄉，回鄉度假
　她說老闆真好，小賊真好
　回到蘇門答臘，四季恆熱
　食物粘答答，多彩如顏料
　每一樣食物都氣味奪息
　溽熱的島嶼有她的母親丈夫小孩
　所愛所眷。這容納上萬島嶼的國度
　海水上升將面臨遷都的雅加達
　從擠滿千萬之都移往一切都尚未命名
　的城市，阿蒂的返鄉之旅溢滿在我的書寫
　想像裡。我年輕時的轉機之城，現在正在轉運著
　阿蒂，返鄉者的歡愉有如果漿即將爆裂

・她要讓家人可以自給自足
　吃不完的菜和養的雞可以賣
　然後，她花了兩萬買了幾隻小牛
　花了一些錢把房子整修油漆一番
　還資助妹妹開便當店，買二手車送貨
　資助弟弟開理髮店
　弟弟剪一個頭台幣三十元
　弟弟一天最多剪五六個
　一天賺個一兩百元

帶媽媽去醫院，開刀
阿蒂媽媽只信任她
等她回去才願意去開刀
就像媽媽信任我一般

阿蒂視訊著，邊說邊比手畫腳
或者指著她畫面中的事物告訴我
感覺她是一個導覽員
我聽得懂她的話
她很高興

‧這是阿蒂第二次放長假
　媽媽離開，她希望休息一陣子
　於是我多給四十五天的
　有薪假
　且還包吃包喝包睡
　（她不願意等待新工作時住仲介的宿舍）
　照常付薪資
　日日遊歷台北
　我埋單且伴遊
　開車兼司機
　導覽兼準備三餐

・阿蒂彷彿是死去媽媽的
　替身，我帶媽媽去旅行

　對面的另一個阿蒂來家裡
　抱著我哭，哭媽媽
　阿蒂是來拿
　媽媽喝剩下的好幾箱
　亞培安素，上萬元牛奶
　轉給對面阿蒂的阿嬤喝

　分區整理，來到了廚房區塊
　阿蒂在旁，每一個東西都要問
　還要嗎？其實我很少出現這裡
　這裡更不屬於食道封閉的媽媽
　這間廚房是她專屬的印尼後花園
　南洋的香料油炸，到處吸引著小強
　小強的極樂窩

・分送東西給阿蒂們
　她們很高興有專屬的鍋具炒具
　她們的主人都有吃豬肉

讓她們感覺用同一個煮過豬肉的鍋具
煮自己的食物很煎熬，總感覺還聞得到
豬肉味似的，使她們吃起來
感覺怪怪的、毛毛的

・帶阿蒂去中山站，吃米朗琪
　米朗琪草莓鬆餅，她吃得笑呵呵
　彷彿大富豪，我把阿蒂當媽媽看
　她是唯一連結我和媽媽晚年的人
　我喝著咖啡，想著媽媽
　我一點也不趕時間
　只管沉沉地坐著

・在這母歿的四十五天裡
　阿蒂是我的隱形媽媽的隱喻
　我多付她一個半月的薪水
　還帶她遊山玩水
　帶她遊歷台北
　彷彿這也是我對媽媽的最後
　巡禮。媽媽附身在阿蒂
　我的想像力足以帶她飛翔

・媽媽離開後，阿蒂
　才認識了台北，台北風情畫的
　那種台北，屬於觀光客的
　大安森林，花市，玉市
　貓空、中山站，百貨公司
　總統府，植物園，動物園
　清真寺
　旅程前進，等待仲介來
　接她離開

　一殯，行天宮，算命街
　大學打工被婚紗公司派去算命街
　駐點臥底，遇到八字合的戀人
　向他們婚促，就像夜晚打工的酒促妹
　整個暑假遇到的盡是八字都沒一撇的人
　走過榮星花園，靜悄悄，只剩下
　被阿蒂們推出來
　曬太陽的老人們
　他們不算命
　等待送葬師

・八里媽媽在的地方
　以前有八仙跨海
　現在有阿蒂們
　七仙過海

・帶阿蒂去通化夜市
　夜市最靠近阿蒂
　熱騰騰鬧哄哄
　喜歡吮指，不愛刀叉
　遑論筷子
　夜市屬於阿蒂所熱愛的世界
　滿街美食，一攤一攤吃過
　想起和她一起度過多回的
　齋戒月，日落後進食
　還有半夜三點前她會起來進食
　像一隻老鼠在廚房發出簌簌細響
　我才剛剛入睡，去看媽媽
　阿蒂睖著惺忪的眼，吃得滿嘴的
　臉龐，映在微亮的燈泡下
　她見我來，放下杯盤，起身
　我說繼續吃啊，接著我翻著媽媽的
　被單，在換洗媽媽狂瀉的屎尿前

要她去餐桌上吃她的齋戒月
的另類深夜食堂
哀愁的食堂，佐料是呻吟苦痛
屎尿淚水

· 失去母親我有點瘋狂
　和阿蒂在公園跳抖音
　忘了哀傷
　將自己融入南洋式的熱情
　與騷動的舞踏
　為了遺忘傷感

· 松菸，水水市集
　阿蒂也變得很文青
　我們看文創品
　站在街頭聽音樂

　失去媽媽的小姐與
　等待新阿嬤的阿蒂
　時間很多
　沒有要奔赴之地
　沒有被呼喚

或被使喚之人
現身

・101，多少次被休假阿蒂拍進手機
　但都沒有登過頂，我帶她去
　第一次登頂，只能登到八十九層
　異鄉人三百元，台北人原價
　阿蒂雀躍極了，不斷和她的
　印尼媽媽視訊，讓我很嫉妒
　現在只要是有媽媽的人
　都讓我非常的豔羨
　甚至豔羨得心痛起來

・隔壁房間傳來哭泣聲
　是阿蒂在和遠在印尼的
　媽媽通電話
　我說阿蒂早點回家吧
　媽媽只有一個
　她說再賺個兩年就回去
　我記得她剛來時本只想
　留三年後來又留了下來
　等我的媽媽走了

她還是沒有要回家
她說台灣很好，還舉起大拇指按讚
她不知道她是幸運者，以後換了雇主
就不得而知了
但也許她跟著媽媽聽佛多年
她會持續這個幸運的

離別終於來了
九點，仲介小姐派車來
接走阿蒂
七仙女阿蒂們
都不能蹺班，紛紛視訊
道別
淚別

・阿蒂背影漸遠
我獨自一個人緩緩上樓
乍然吸進充滿幽魂之地
在空蕩蕩的房子等房東來接收
感覺又傷心又鬼魅
突然空蕩蕩了
房子又回到七年前

第一次踏進來租屋的

傷心時刻

望著海，望著病終人亡曲散

突然掩面痛哭

原來不捨的人是我這個

孤身孤女的偽老闆

多年的同居人

我十八歲之後唯一的同居人

或許因為異語使同住

變得輕鬆或者因為媽媽

失語靜語，溝通

不再需要

・媽媽離世後

我妒嫉阿蒂

很快就有

新的阿嬤

她換新阿嬤

轉身如此容易

她只是來賺錢

她不能太容易傷心
或懷念

· 到了晚上，我竟十分掛念阿蒂
甚且擔憂起她的新去處好不好
一直盯著手機，以為她會先傳來
想念小姐的訊息，結果沒收到她的
隻字片語，天真以為她會想念我
這個被她叫了超過千日的小姐
轉眼就被她拋棄，她是吸金者
要含金量高的雇主，而我已沒有需要她的地方了

就像愛情似的，我又焦慮又擔憂
我在等待，等待她先寫訊息給我
等了兩天，不服輸。心想她去哪找我這樣
溫柔又勤勞的小姐？真是往臉上貼金了
為了不先投降，我偷偷給仲介訊息
問原來在我家的阿蒂去哪了？
仲介回說在她公司宿舍住了兩晚
今天才去見新阿嬤與新老闆
一問地址離我竟頗近
到了晚上，手機訊息依然靜悄悄

何以我如此懸念阿蒂？
還是因為阿蒂是媽媽的代名詞？
還是因為我突然從我們倆變成一個人
可我不是多年來一直想要再一個人？

終於服輸，傳語音訊息給她
問她好不好？新老闆好嗎？
彷彿是感情的敗將

・結果她傳來的是影音，摟著新阿孃
　對著鏡頭說小賊，偶粉好，這係阿孃，很乖
　啊，看了我十分嫉妒，她身邊快速就有了
　新戀人，影片裡的那個阿孃看起來和藹可親
　挺好的，還能說話，能自己走路。只是太胖
　和老邁。需要阿蒂每週帶阿孃去洗腎

・她傳給我她用手機拍下的門牌住址
　我用語音訊息說，等有空去看妳喔
　她傳來了微笑跳舞貼圖

　過了些日子，得空去看阿蒂
　買了很多乾糧與咖啡

帶了一袋質感好的衣物
一路穿越大街小巷
沿途見到香辣炸食物又買了滿手
我像是年輕時返鄉去見媽媽似的

門開，她眼前的阿嬤賴在她的身旁
我看她餵食著阿嬤
轉眼移情別戀新阿嬤
我心裡一陣奇異的吃醋與感傷湧起

媽媽有阿彌陀佛
我有文學和孤獨
阿蒂，很快就有
另一個小賊

後來又去了幾次
但那個阿嬤有幻想症
一直說她很害怕
可能陌生人讓她害怕
我只好和阿蒂簡單聊了一下
就得快快離去

臨去前，裡面放了幾千元紅包
聽到背後的鐵門關上的那一刻
我知道我告別阿蒂了
而不是她告別了我
我終於告別了我們仨
我一個人，想
跟一個人

‧繼續
　餘生

　跟一個佛
　更好
　不變心
　心不變

‧電視正好重播《2049》
　複製人也會懸念主子
　且願和主子一起離開，奔赴未知的危險
　這哪裡是複製人，根本是天人
　比阿蒂還有情
　複製人被掃射前且喊我愛你

複製人說每個藝術品
都有作者的靈魂
我們無不希望那個救贖
就是自己
我們才能懷抱希望
每個女兒都有媽媽
的影子

· 小賊，到楠榜找阿蒂
　先飛到雅加達
　再換國內飛機
　再換船
　然後，阿蒂老公
　會騎摩托車來
　接小賊

　昔日之言
　言猶在耳
　我的憂鬱熱帶
　整個南洋的
　阿蒂們

．印尼上百個島嶼

　　地球暖化海水上升

　　最先淹沒的島嶼或許有

　　阿蒂們的故鄉，雅加達爪哇……

　　八百萬印尼女生包起頭巾遮起面紗

　　套上手套，前往他地，她們一雙雙的手

　　很忙碌，除了滑手機是美麗的忙碌之外

　　其餘都是真忙碌，清洗再清洗，等待月底的

　　外匯與淚水（有老公變心的）

　　一人外出打工，全家多了雞，多了牛，多了地

　　肚子不再飢餓，孩子可以上學

　　媽媽可以住院開刀

　　房子不再忍受颱風下雨

　　從此朝拜麥加的膝蓋不疼

　　隔著島嶼的海水

　　阿蒂們，微笑

　　見阿拉

　　請等我，在我

　　變老，變阿嬤

　　之前，去找妳

　　如果那時候，妳沒有

遺忘我，畢竟我只有
一個阿蒂，而阿蒂有
好幾個阿嬤（她不要阿公）

‧我竟花了超過我以為的時間
　很長的時間，才把一個曾經是
　最親近的陌生人遺忘
　以為忘記卻又經常
　不預期出現的身影
　我在大街小巷經常撞到
　的阿蒂，任何一個移工
　都像阿蒂，都是阿蒂
　阿蒂們

‧母歿之後，過了許久
　將迎來回教新年，齋戒月
　這麼多年過去了
　我從一個人變成跟一個人（媽媽）
　然後又被一個人跟著（阿蒂）
　現在，又回到一個人
　孑然一身？喔，不
　我有很多背後靈，熱鬧

得很，她們經常摩摩喳喳
嘰嘰喳喳

· 在遠方未熄的戰爭中
　我們仨按下熄燈號
　我一個人想著
　解體的我們仨
　回教，我熟悉的旅地
　陌生人
　未竟的阿蒂們
　等待我以小說之筆
　將她們的故事
　打撈
　上岸

　阿蒂們
　島嶼晚景沾染著
　血淚離別的
　異國風情

陪在不是我的路上

——憶。長照路

· 滯留千日的千日
　苦痛已成了老友

· 我的業餘人生，其實
　比我的專業更專業
　比如，當長照比日照還長時
　我的配備從電腦轉為電動床
　浴缸馬桶轉為便盆椅
　繆思的墨水改成藥水
　酒神的紅酒換成酒精
　從刺血抄經到刺血量血糖
　清創餵食洗澡
　剪髮剪指甲掏耳朵
　七年兩個千日
　我的業餘是寫作
　專業是髮姐櫃姐看護工助念人送葬師
　虎媽送貓女兒去專業受訓這場臨終大戰
　只為了替虎媽考取通往淨土的執照

· 我的業餘人生，其實
　比我的專業更專業
　比如送行

我的配備有陀羅尼經被
甘露水金剛砂佛經佛號
還有安魂曲

・斜槓媽媽，每個斜槓
　都是淚水彎曲成的河流
　被現實所迫變成一隻斑馬
　那難以計數的斜槓
　像是斑馬上的紋路
　斜槓媽媽是一隻斑馬
　衰老斑馬，倒下的斑馬
　再也無法起身

・我們是老派的斜槓女
虎媽世代1
插秧／割稻／採收工／伐木工／成衣廠女工／電子廠作業員
／女傭／女侍／老派媒人婆／流動攤販／擺攤人／互助會會
頭／種菜小盤商／池上便當炒菜工
虎媽世代2
股票菜籃族／旅遊團團員／街頭巷尾漫遊者
虎媽世代3
病人／臥床者／重度身障者／被貓女兒授記的見佛人

貓女兒世代1

虎媽助手／麵店小妹／擺攤／街頭發傳單／廣告公司市調調查員／火鍋自助餐打工妹／炸雞店服務生／咖啡館煮咖啡／婚紗攝影公司的新娘助理／補習班導師／兒童病院義工／製片助理／場記／劇照師／節目企劃／撰稿美語節目劇本／電視節目旁白撰文／代筆者／卜卦人／藝文記者／紐約蘇活區美術材料行店員／紐約華人家教老師／紐約繪畫素描班助理

貓女兒世代2

專職寫作／旅行者／繪畫者／攝影人／編劇／翻譯／潤稿義工／手作人／烘焙／網路賣家／駐校作家／客座教授／寫作私塾班老師

貓女兒世代3

寫作／教課／抄經人／讀經者／櫃姐／業餘看護工／臨終安寧病見習生／送行者

貓女兒世代4

寫作／繪畫／講述者／生命義工

貓女兒世代5

閉關人／想要見佛的人／
等待和虎媽淨土重逢的老
貓女兒

拿藥分藥碾藥磨藥煮藥餵藥
藥去掉草字頭，就是樂
無藥即樂
口味？
亞培安素熟悉如糖鹽罐
香草鳳梨焦糖口味原味
特價即可

．寫作者的配備有紙筆或
　一台電腦，一顆想像奔馳的心
　看護工的配備有如小藥房
　可能有鼻胃管尿管量杯膠帶
　導尿包空針手套濕紙巾分藥盒
　磨藥搗藥器氣切棉繩潤滑劑
　拍打背部器吸水毛巾吹風機
　化妝棉棉花棒防滑墊抽痰器
　（抽痰是最困難執行的部分，往往是看護工難以考取執照的關鍵）
　以及一顆同理的耐心

　抬高媽媽半坐臥
　麻麻要喝呢呢（牛奶）
　或者蘇素（印尼話）

抬高頭，避免牛奶跑進肺
灌食250CC，小心帶入空氣
媽媽成了名符其實的
小貓

・食道封閉
　在胃開個口
　人工管線得了長新冠
　失去味覺
　良藥不苦口
　苦著心

・搖起電動床
　扶起後腦杓
　調整枕頭
　這裡揉揉　那裡按按
　僵硬剪刀手暫時放下武器
　朝著我落下投降姿態
　變形但不蛻變

・我擅長咖啡拉花
　媽媽經常拉屎

吸引我的注意，從幫寶適
轉成包大人，日日倒映瞳孔的
風景。虎媽，收起張牙舞爪
任貓女兒擺布，如棉花糖

私處恥骨淌著血水
我忽忽回到了童年
回到了子宮
宮殿猶在
母后已失勢

· 痛的聲納不知是
　多少赫茲

· 記憶床墊
　記憶了媽媽
　凹陷無力無電
　先是大喊大叫
　接著靜默如繭
　再接著又轉成呻吟
　呻吟哀號，沙啞失聲
　反覆的高低音調，不成字形

但每一個字都可以拚成一個
痛字，呻吟，午夜的配樂
不搖籃的搖籃曲

・沒有一夜
　是深眠的
　快速眼動
　敏銳耳膜
　一雨滴落
　海就騷動

・每一個夏天種下的酪梨籽
　七年成樹，淚水灌溉的
　相思林，很快就能著作
　等身。種子，核是最強大的
　就像孩子長大變母親
　母親老去變孩子
　我和酪梨一起度日子

　在後面推著
　輪椅上的媽媽
　背影很安然

她被我穿得很漂亮
就像小時候她總是把我
穿得很水。彼此看不見彼此
這是悲傷的承載工具
輪軸沿著病房地圖前進
扭曲變形的腿逃脫

·心發疼著
不必轉身的潸然淚下
緩慢地推著
看著母親白髮蒼蒼的後腦杓
夕陽斜照如佛光無量
母親的肩膀也發亮
睡衣上的凱蒂貓也活過來
我深刻記得這一幕

·會突然崩潰而泣
如果是這樣
那是一點也沒關係的
不必偽裝成被風沙刮吹
不必謊說是打哈欠所致
哭泣是堅強的
最強硬的溫柔是淚水

・金玉良言之必要
　　聽聽開示
　　喝喝雞湯
　　脆弱害怕時
　　入俗之必要

・日日點燈燭
　　供佛，照耀自己的心
　　在母親的戰場
　　女兒是戰士，手執刀刃
　　打仗的人，腎上腺勃發
　　意志堅強。當苦味漸如
　　嚼蠟，一切逐漸淡成了
　　最輕最輕的傷痕

・熟悉的氧氣瓶，初抵
　　西藏高原時，一路抱在胸前的
　　氧氣好朋友，無氧不歡。我這種
　　隨身攜帶氧氣瓶的，一看就是剛從
　　平地來的，就像新病人與老病人
　　新舊有別。新病人有很多的例行回診

比如母親，一週一次的針灸，一週一次
的按摩，直到一切都失效。新病人日久成
老病人，老病人安安靜靜。再也沒有什麼
例行回診的。只剩女兒就是她的一切
跑腿，拿慢性處方箋，甚至以身試藥

‧母親身體上的零件都老了
　唯獨兩道新眉是生病前刺上的
　如墨般地發亮著，直到黑色也
　褪成了灰，像是我嚮往的雲遊僧
　僧上的那襲灰袍，如果灰可以是
　那灰。苦，雲遊而去

‧母親眉心出現兩道
　仿如刀子刻紋的那年
　母親才三十幾歲，她提早老了
　因為討生的奔忙

　看不見臥床將會到何時
　看不見盡頭，成了最難之難
　攪拌著心海的懸念
　是繼續還是不繼續？

是要堅持到底還是放棄？
是可以收割還是全盤繳械？

・聞到的空氣是傷感的
　必須偶爾轉換空間
　喘息，即使只是秒殺的
　放空

・女巫之必需
　除臭之必要
　玫瑰花露
　迷迭香點燃
　薰衣草助眠
　仍抵擋不住臥床者
　不動的身體飄出的腐酸氣
　但媽媽的臭皮囊不臭
　媽媽身穿貓女兒研發的37號
　雙魚香水，這是媽媽的
　香皮囊

・撐過生命的黑關
　撐過了溽熱盛夏

有時女兒也會懊惱
如果當初沒有搶救母親
或許母親不會打這場拖了
過久的延長賽，這纏綿臥榻
的肉身的漫長苦痛

‧我是個食字獸
對於文字有渴烈擁抱之感
但唯獨「纏綿臥榻」
不想食這四字

‧搶救下來的母親
留下來了，卻以其
殘缺渡人世之河
我十分不忍
常懷歉疚

‧母親是在為未來世鋪路嗎？
母病成了我學習的新客體
情人從此成了微不足道的客體
再狂熱再堅貞的愛情
隨著時移，也會逐漸模糊

年輕時的感情對象一別兩茫茫（忙忙）
他們已然兒女忽成行。感情走到盡頭
但求互不虧欠。而親情，我永遠
虧欠母親

・單身女兒，只餘母親
　走到餘生，拜別母親
　之後只餘文學，餘佛

・生死關卡，沒有地圖
　沒有經驗，沒有資源
　沒有資糧。安寧學習
　每個所下的決定都必須清楚
　一個決定牽動另一個決定
　一個可能完全不同的結果

・想要訓練自己是很後來的事了
　青春時光通常任意而為，無知而行
　我已準備了大水缸來裝我的眼淚
　以筆墨沾淚水，化為墨，寫字

‧黑暗中，眼盲者也能辨識方位
　氣味，呻吟，指引的線索

‧於我，這世界已
　無逆可叛。我馴服
　如貓偶

‧一切都回不去了
　回頭是不可能的
　只好取回未來的
　自主權

‧恐慌症有無數的各種恐
　多年後我才知道我得的是
　恐失症

‧任何成癮的事物都讓人繳械了自由
　完全臣服或完全反抗，日久都將疲憊

　事件或許可以如雲飄過就飄過了
　但事件留下的傷口卻不是一朵雲
　而是一枚不定時炸彈

・母親給我悲傷的緩衝期
　漫長的緩衝期讓我走出悲傷的幽谷
　減少高壓衝擊所產生的傷口
　但後來才明白無論如何的
　緩衝都緩衝不了

・西藏人每天不停轉的「轉經輪」
　我有兩個轉經輪，從西藏帶回來的
　在媽媽電動床旁轉著轉著
　轉進了祈福，轉出了輪迴的
　路徑，送母親抵達安樂國

・藏語「唐多」解脫的意思
　唐多，我都寫成「糖多」
　我需要糖的甜蜜
　雖然羅蘭・巴特說
　糖是暴力的
　母親啊！我正在妳的身旁
　看著妳的肉身如此辛苦
　曾經反骨女兒，強勢母親
　曾經逃家，曾經妳說我怎麼呼喚

都不流淚。其實我是在轉身的天涯
淚流滿面

· 媽媽還要教女兒這生命最後的功課
如此才能安心離開。我這麼難教嗎？
要讓媽媽躺上這麼久的時光，我補考
太久，我要趕快學習母親要教給我的功課
那就是直面無常

· 這是我離開臥床媽媽最長的一個月
我獲得BOCH基金會的贊助
原本去柏林文學館可待上三個月
要是以往絕對是住滿待滿。但我竟
一個月就忙趕回家。回家衝到媽媽病床
俯身看她第一眼，搖了搖她，媽媽竟微笑
（她臉部原本是無法微笑的）
她是用盡所有的臉部神經才換來的一抹微笑
（太久沒見到女兒，也許以為我拋棄她。
就像童年我被丟在阿嬤家的誤以為她不要我）
這是媽媽最後的一抹微笑
在我的眼眶成形

・母親遇過大流感，撐過新冠疫情
　撐過我的眼淚之海，終於要航向
　她的歸鄉。我是她的最佳照護
　也將是最懂安寧的送行者

・我的手一旦被母親握住
　就捨不得讓她不握
　阿蒂沒有感情牽絆
　很快就甩掉媽媽想握她的手
　阿蒂的手空下來時多半都在
　滑手機，手機比媽媽的手
　更有吸引力

・當看護工，應該會很受到歡迎
　我手藝佳態度好聲音美……看護
　之外，還會幫病人剪髮縫衣沐浴按摩
　最重要的是，我還會朗讀，幫老人家
　寫他們長長的一生故事。以上純屬幻想
　這是一份苦差事，我懷疑如果不是因為母親
　我會做好這份工作嗎？沒錯，我一點也無法
　做好這份工作，因為我會偷偷流淚，我會緊張
　我會憂愁、我會胃痛、我會頭痛，我會為他們祈福

而導致失眠⋯⋯其實我什麼都不是，看護的工作太
揪心

・在陽光室發呆的病人看起來都沒有光
　母親也在陽光室曬太陽，我幫她目視
　遠方的淡水河，關渡宮，社子島，水筆仔
　她彷彿整個人被歲月吸乾了。陽光室名為
　陽光，卻是人間，最荒涼的，所在

・身體彷彿風中草書，靈魂等待昂揚
　軀體卻動彈不得或者歪斜難定。整間
　陽光室充滿看護彼此的說話熙攘，或者
　故意逗弄病患開心，善意的惡意

・有老父親照顧兒子的
　有丈夫照顧妻子的或
　妻子照顧丈夫的，有外傭
　照顧老人的。醫院的打蠟工人
　生病臥床，醫院的人都認識他
　他請不起看護，看護們輪流得空
　去照顧他一會，醫院也有春天

‧半睡半醒中，我清楚地意識到
　又是一天逝去了。那時窗外的夜色
　已經融進黑缸裡，剛幫母親拍背

‧要小心褥瘡
　不能忽視皮膚出現的
　任何一小顆紅點，小紅點
　可以轉眼變成一片紅高原

‧換我照顧母親時母親會經常拉肚子
　彷彿這樣就可以一直和我親密接觸
　曾經母親一日十次，我如荒遊病房的
　守燈人，不斷起身，不眠

‧破紀錄的屎，像是考驗由我照顧的這一天
　我能否安然接手。彷彿媽媽用屎屎來回應我
　女兒啊，妳這麼辛苦，妳真的能
　照顧媽媽？媽媽大考驗
　經常給女兒耐力賽大挑戰
　溫柔的力道必須一致，一點情緒
　她就知道久病無孝女，我要
　逆反這句話

· 照顧母親的身體就像
　一個植物學家或地質學家面對
　他的一棵樹或者一顆岩石
　樹的紋路石頭的裂紋，被風吹動的
　姿態，被吹進葉脈的沙，海邊的砂礫
　像一個研究員般認真，也像一個
　小孩子般好奇

· 看海的路上，我總想海龍王
　會派海族迎接，蟹兵蝦將守護
　將母親抱進後車座，將輪椅收進
　後車廂。我載媽媽，一起去看海
　雖然媽媽什麼也看不到了
　但可以吹海風，聽海潮音
　（觀音海潮音，勝彼世間音）
　媽媽喜歡音，所以將女兒的
　名字，埋了一個音字

· 清楚地意識到在照顧母親的勞役裡
　更多是躲藏著一種類似像是贖罪似的
　宗教儀式。贖罪日的結束不是靠吹羊角號
　而是依賴冤親債主的放下。獨特而欣欣向榮
　必須如此才能橫渡命運漲潮與退潮的兩極沖刷

·幫母親剪頭髮，克難式地剪著
　用枕頭套與塑膠套鋪在脖子上
　我邊剪邊說，剪去霉運，剪去煩惱絲
　剪去所有的不好。彷彿自己創的咒語

·去行天宮點燈
　母親口中的恩主公
　小時候常跟她來
　不插香不燒紙錢
　恩主公變陌生了

·每天醒來都希望母親如初
　她一定更有如夢似幻之感
　起初她一直在看著自己的腳
　常常用沒壞掉的手翻開被單
　彷彿在檢視自己的腳為何動不了

·如果悲傷會傳染悲傷
　那麼我應該要幽默
　要大笑

・我成了一個多語者，叨語者
　自母親成為失語者之後，我就接了
　她的話語權。我經常念念有詞
　像是嘴巴還在念咒語似地朝著母親
　要喝的牛奶或者水吹著氣。溫柔的磁場
　據說可以讓水也變得柔軟。守著受難的母親
　彷彿拯救了女兒的靈魂

・母親這間房間已成了我的自我聖地
　此時此地此情此景我把這房間看作是
　閉關所的小神壇，通過日日清洗餵食除穢
　母親，也像是在淨化自己

　阿蒂休假此去返鄉
　我成了全職照顧媽媽的女兒
　有一天某活動希望我能參與
　當我說明無法參與的理由後
　這個邀約活動的人竟很天真地說
　「妳不能找朋友幫忙來家裡一下嗎？」
　我頓時覺得好笑，我們一般人對看護
　只停留在「看」的階段，我心想有誰會幫別人的親屬
　清理大小便這根本不可能啊！可見問出這句話是多麼
　誤解看護的工作

· 必須讓媽媽覺得和女兒有命運一體之感
　戴著口罩就是隔絕，就是妳髒我淨的區別
　為了不讓母親有這種被區別感，於是整理
　母親穢物與清潔私密處我不戴口罩
　在家裡會戴口罩整理穢物的都是
　阿蒂們（看護們）

· 滯留千日的千日
　病房已然是
　曠野，是漠地
　是冰山荒原

· 溫和處在世故化的團體，轉身時
　我才回到自己的文學語言
　回到浮想連翩的自己
　想像是寫作者的武器

· 七點的鬧鐘響。在疲困中摸黑
　走到廚房。搗碎媽媽的藥丸，灌食用
　聞著藥味，想媽媽一生，吃太多西藥
　身體都是藥毒，母親的身體彷彿成了

會爆炸的「藥」引

半睡半醒中
清楚地意識到
又是一天逝去了，看著
天花板好一會，才想到沒有聽到
媽媽的呼吸聲，我一個翻身跳了起來
差點被旁邊電動床的電線絆倒
媽媽聽到我的聲音。突然大力地又
記起了呼吸，她要繼續
呼吸

．輕輕拍著母親的胸口
　母親彷彿回應似地吸了好大一口氣
　有時我以為她在潛水，會有幾口氣憋著沒呼吸
　聽到熟悉的呼吸聲，我又繼續躺下去。睡的不是床
　而是用瑜伽墊打造的床鋪，上鋪兩層已變硬的棉被
　權充床墊。年輕時曾經從老公寓樓梯滑下跌傷之後
　在需要出力幫母親翻身清理或拍背時。突然會被喚醒
　往昔深深埋藏的疼痛

‧窗簾縫隙可以見到藍色的眼淚
　在虛空中逐漸像水墨畫般暈開
　必須起床，即使昨夜到凌晨四點
　才睡著

‧禪門有修行者看見窗簾放下就開悟
　有見茶杯打破頓悟，物我兩忘
　媽媽的尿片，是否可以使我開悟？
　色身如火宅，危脆

‧窗外的夜色已經融進黑缸裡
　剛剛才結束幫臥床母親拍背
　將埋在深海的痰拍上岸
　岸上瀰漫著菌。小心痰別卡在喉嚨
　喉嚨的窄道對臥床者深如海溝，握手
　呈空心狀，避開脊椎區，沿著脊椎輕拍
　脊椎就像是一條河流，神經叢像珊瑚，鈣化
　的珊瑚，卻無法變成昂貴的念珠，胸前手腕的
　裝飾品

‧注意血壓注意血脂注意血氧
　小心水腫小心卡痰小心褥瘡

勤翻身勤拍背勤按摩。勤換尿片
常附耳說話常念經迴向常握手撫摸
我變成另一個人，溫柔之必要，淚水
之必要

‧我像檢驗員，盯著皮膚
可能冒出的小紅點，防止
紅點變成紅海，防止黴菌
細菌念珠菌，防止各種
菌趁虛（濕）而入

‧那被抽掉的胃造廔口管線沾染著
鵝黃與青灰的色澤，維持母親生活的
管管大人，我知道在母親斷氣的那一刻
這些將全成了阻礙色身完整美麗的多餘之物
未來也許可以把母親臥床的器物展演成一面
啟示錄，如裝置藝術般

‧記憶的深淵。那是我把母親推到
陽光下，看到廊道上也坐著一整排輪椅
病患，他們都和母親一樣臉上掛著管子
連著鼻子與胃的管線，鼻胃管成了鼻子

的延伸道路，長長的象鼻，掛在靜默的
影舞者臉上，寫滿了無語的哀傷

每天上午起初都像在和母親打仗
每天更換黏貼臉部膠帶
每天檢查鼻胃管是否纏繞嘴巴
或轉移到其他位置、顏色是否改變
灌食前須先檢查鼻胃管是否暢通
每次都必須反抽，檢查前次灌食是否
已經消化，超過50CC就先不餵
膠帶成了母親的必要品，就像我
包包裡必放的口紅。無痛是關鍵字
任何無痛的發明，都是恩賜的甘露

‧萎縮的舌頭
　不再舌粲蓮花
　暴烈的虎媽
　溫柔如小貓

‧每日上午和晚上我幫母親清洗嘴巴時
　也是另一場戰役。必須和母親玩遊戲
　比如說麻麻，來，把嘴巴打開喔

我們來看看舌頭還在不在。那時候母親
就會急著把嘴巴張開，深怕舌頭不見了

醫療器材發展出身體相關的所有東西
很多都是我第一次聽見的物品，比如
張口棒，可以撬開母親緊閉的嘴唇
久了，這些服務身體的微妙小工具
也就像化妝品般熟悉了

· 母親的受難所
　就是我的小神壇
　我的懺罪室

· 七點的鬧鐘響
　在我最想沉睡的時刻必須醒轉
　長年夜貓子，使得昨夜想早點入眠
　也幾無方法，尤其母親就睡在身旁
　動靜皆如潮汐，襲我海岸

· 在疲困中摸黑走到廚房，打開方格子藥盒
　週一到週日，上午到晚上，每一格打開是
　彩色繽紛但卻瀰漫一股慘澹氣息，粉紅藍白黃

的藥丸，如果擺在糖果盒就像是MM巧克力
取出星期一一早在餐前吃的藥。將藥放入白瓷缽
搗碎藥丸成粉，注入水，等待溶解，扭開胃造口蓋子
藥水倒入塑膠軟管，快速進入胃囊，再注入30c.c.水
讓媽媽水分足夠，同時也兼做沖塑膠軟管之用

‧藥就像魔鬼吸住了母親
　也緊緊咬住了錢

　經年累月，母親的身體
　成了一間藥房

　看著尿片，一片黃水汪洋
　如颱風過後的水濁。立即在網路
　下訂蔓越莓粉。粉末好用，不用當
　磨藥女。植物的神奇力量，黃水轉成
　澄清湖，打贏了私密戰

‧往往凌晨四點還沒睡著
　七點半醒轉，如神遊者
　賣夢的人，已無夢可賣

・程序與節奏，照護如工廠生產線
　錯誤的程序，將拖杳臥床者的苦痛

　換看護墊和尿片前，要先查看母親的身體是否
　已經往下滑了，經過一夜，臥床者無法自主移動身體
　因此多半會往下滑，這時放低電動床之後，再繞到床前
　將身體彎低至雙手可以平行插入母親的腋下處，一提氣
　沉重的母親往上拉至床的上沿，這是最省力也最不易
　受傷的

・有時一看到
　母親屙屎尿濕
　會心急地立馬替換
　而忘了程序步驟
　失序是看護工作
　最不合格的部分

・不是孤單地待在這個世界上
　而是孤單地守在只剩下母親的
　寂寞星球
　這孤單，從小就爬上我的臉
　熟悉卻又永遠也不熟悉的

・不知為何母親習慣用手遮住眼睛
　明明眼睛已經看不見，失去看的能力
　卻要遮眼？看不見的眼睛也許可以看見
　另一個時空，或者看見我所看不見的亡靈？
　或者只因為雖不見但仍可以感受到光？但把
　窗簾拉起來，母親仍經常用可以動的左手遮住
　雙眼。如果母親可以說話，或許她會和我所看不見
　的靈聊天

・也許母親已經開了第三隻眼
　雙手一遮可以保持這個姿勢不動良久
　彷彿她是只要舉起手就可以讓太陽不下山的
　神通者，媽媽其實只是漸漸有了退化性的失智
　比如她的手如果沒有幫她撥下來，甚至遮到鼻子
　而無察覺，我是聽到她把嘴巴張得很大發出頗大
　呼吸聲響才知道她的手已然遮住鼻孔，壓到鼻翼
　鼻子扁扁塌塌的，麻麻是豬鼻子豬鼻子，我邊笑
　邊幫她把手移下來，我的手沾滿了淚，自己的

・房間的味道，中藥布味粉撲味香水味紙味咖啡味
　為了減緩分別所帶來的衝擊，讀經不斷暗示無常

306

將無常內建在腦波中，和媽媽說了不知幾百回的
感恩謝謝，要媽媽放下。其實是自己要放下

・要減緩陪病時光所震動的記憶
　煎熬，往往音樂與零食是解憂良方
　吃零食尤其是選卡哩卡哩那種的，吃得
　聲音作響，彷彿人不寂寞，像在聊天低語
　當全職看護工，總是我最胖的時候，因為
　憂傷與忙碌，都令人肥胖

・但只要多幫母親翻身拍背
　因勞動很快也是可消脂的
　脂肪的堆積與剷除的此消彼長
　彷彿也是我的陪病身體的戰鬥史

・為什麼不健康的東西都易
　讓人上癮，吃時快樂，吃完
　沮喪

　善感，依然卻再也
　沒有時間多愁
　我畫了一隻鳥，很久了

一直無能再畫另一隻鳥來陪牠
忽然今天有了想法，畫一隻喜鵲
我知道，牠來報到時，就是母親
揮別女兒的臨終之際

・曾經電視是母親最好的朋友
但她生病後一眼都不看。於是我
把占空間的電視機收起來。世界安靜
只剩下母親的呼吸與呻吟聲起落，搭著
窗外河水的風聲雨聲，還有一個老人騎著
腳踏車，固定晨起朝我的窗前喊著阿彌陀佛
老人是佛國派來的使者嗎？

・安撫母親入睡是最艱難的
夜晚四點，戰爭結束，進入
三個小時的絕對寂靜，只剩下夢
母親的夢和我的夢，隔著電動床
一起飄蕩銀河系

・夢見親人傷亡據說是好的
這可真安慰了經常哭醒的我

‧表面是女兒承擔想照顧母親的意願
　但實則是母親選擇了女兒，讓女兒
　有機會報恩，免於下墜踩空的頓然
　失去，之劇痛

‧在入睡的安靜裡，我開始在夢中
　寫日記，潛入母親的夢，看見不斷
　被倒退的時光，一路退回子宮，母后的
　宮殿，寄生小公主，孵育我的未來。媽媽
　曾說，嬰孩時的我很乖，很安靜，不哭不鬧
　她一開始以為生了個啞嬰，後來發現我開始喃喃
　自語才放心，聽到下雨聲還會凝視某個遠方。原來
　女兒不是小啞嬰，晚年的母親，卻成了老啞嬰，失語

‧在長照的每一天，晨去暮來
　有亮有暗，有晴有雨
　我在母親的圍城

　夜晚母親的咳聲
　在安靜中聽來如雷巨響
　她難睡，我也難睡。連續幾夜
　無法安枕。但，安心

• 一日之中，母親的變化
　萬死萬生，如每個逝去的
　分分秒秒

• 我記錄下母親的不幸，憂傷，悲苦
　一切使她在夜裡為之哭泣的東西，我也
　為她哭泣，我是不合格的看護工，因為經常
　大動聲色，被她牽動了。有時我感到一切都失去
　滋味，灰色的空缺，也試著想如果失去母親，該是
　如何的孤獨滋味。以前曾寫孤獨是一個人的嘉年華會
　其實那是，太浪漫，的，文藝腔

• 月光照進房間，影子使電動床
　看起來比前方的河床還巨大，還騷動
　都說世間最貴的床是病床，母親經歷
　新娘床嬰兒床，老年的電動床。電動床
　是世間最哀愁最傷心的床，一刻也不要躺

• 妳的青春，我的青春
　都被剝奪了。時間只留
　妳疲憊的樣子
　致命的疲憊

・早上完成七點半的餵藥，餵食
　躺回床上回鍋再睡一下
　冷天很適合睡眠，必須沖涼才能醒轉
　擦澡，餵藥餵食。洗衣，打掃，翻身，拍背
　十一點才開始自己第一餐，正好瘦身

・煮著綠豆黑豆紅豆薏仁花生五寶粥
　邊想著佛法也有五寶，上師佛法僧
　若好雜句文飾事者，當知是為新學菩薩。聞已心淨，受持讀
　誦，如說修行，當知是久修道行。久修道行卻還是新學菩
　薩，不能於深法中調伏習氣自性
　習氣深重，使我入學雖久
　卻仍是永遠的新生

・晚上泡了碗統一肉燥麵
　年輕媽媽經常繁忙時餬口的
　食物。熱氣香味模糊了
　我的雙眼，溫暖我的
　舌尖

・寒流來襲，玉山下雪
　聽見雪的聲音，在母親的夢裡
　這雪，這冷，加深了我和母親的
　相依為命，這被美化的寧靜，就像
　寫作以為的療傷

・每天要擦好幾回母親的私處
　我出生的來處，愛慾的入口
　子時，穿越兩片如岩石般的
　肉身岩壁，啼哭而出的這個小嬰兒
　已是母親老年的貼身看護。裂開的
　肉身深處，血與淚，橫流

・我那沒有生養的子宮入口，到了熟齡
　張貼「吉屋出租」也乏人問津，一如
　地段不好的老房子總是貶值。每月身體
　成熟濾泡破裂引發排卵紅潮，漆染了一間
　殷紅的皮膜小厝，紅色油漆月月新刷這間老房子
　時間，終於讓忙碌的房間空了下來，母親卻住到了
　更殘酷的病房。時光毒素滲透，皮骨腫脹，薄如紙片的
　皮膜小厝，是孵育胚胎的器體，卻躲藏著死神飄忽的意志
　孕育群生之地，成了女體晚景的墳墓，弔唁場，發現不到有愛

‧最初仍常帶母親去針灸，母親竟用可動的左手
　將右手的針自行拔掉，看了我發笑。祖父輩是
　白色恐怖受難者，母親晚年也成了永遠的左派
　感謝母親，用她的雙手飼女兒長大，待我老去
　我要左右派自如，如一對翅膀，依然飛翔

‧耳朵小宇宙是母親生活的光譜
　環繞著母親。母親最好的朋友是收音機
　年輕時母親邊踩著縫紉機邊聽
　扭轉式的復古收音機，扭開收音機
　聽見雜音不斷地從小盒子裡蹦出來
　漂浮在空氣中。以前還沒有液晶螢幕
　和自動選台，她慢慢調著頻道，在AM和FM
　波段裡轉換，千赫兆赫短波長波。中晚年的母親
　邊聽廣播邊打電話給股票操作員，經常打去電台買藥
　她總是在聽廣播。桌上擺著許多不補的補品，我知道都是
　她從電台的介紹買來的。我並沒有阻止她向電台買那些所謂的
　維他命。因為這幾乎成了她和外界連通的小小樂趣
　於今，我真後悔沒有阻止她聽廣播買保養品
　（一堆一點也不保養的贗品，默默地傷害了她。）

‧老了妳就知道
　老了還是不知道
　時間過去，母親說對了
　我果然，如母親說的
　老了就知道
　知道什麼呢？
　知道珍惜
　知道懺悔
　知道說愛
　知道時間不等人

‧這對母女以前很感情用事
　就因為太相似，必須轉身
　必須背對。同樣的火種
　太容易，被一點星火就燃燒

‧媽媽說為我流很多淚，也為我父親哭很多年
　原來母親的眼睛是哭瞎的。母親的淚水在這一天
　結束了。她今生流太多眼淚了，終於乾枯了
　她的眼睛不知為何再也流不出淚水，即使她
　很想流淚。她把流淚的工作交給了我

．在她的身旁，我寫著字
　　和她一起張開耳瓣聽海的潮聲

．天為何一下子就暗下來了

．連我養的貓都哭瞎了眼睛
　　遠方戰爭揚起火焰般的灰塵
　　像是為妳舉行的人間哀傷儀式
　　天空飄著如此多的生靈，塗炭

．再看我一眼
　　此再即在

．長期彎在胸前的手已如一把剪刀
　　母親是愛德華剪刀手。以前母親剛生病時
　　聽聞要常幫母親按摩，免得她變成剪刀手剪刀腳
　　現在才明白。如何認真地按摩都是失效的。母親
　　緊守著她最後的寸土，不被碰觸，因為太疼太疼

　　想有光，想發光
　　得先點火，燃燒

‧理想的典型，偉大的典型
　錯以為自己也可如法炮製
　那些年，我聽了太多佛故事
　經常得了自以為的靈性肥胖症

‧一次對決
　一世之慾
　慾望總清倉
　終結亂買人生

‧阿蒂返鄉。她一個人和一群人
　我一個人跟一個人，女兒與母親
　常一轉眼窗外就降下黑幕
　少了阿蒂這個狠角色，母親手臂多了
　蚊咬的紅疹，牆上多了小蟑螂，沒有
　殺蟑者，無敵殺蟑者，返鄉
　群蟑歡唱，阿蒂退散

‧靈魂的提點，靠日夜唱誦的念佛機
　念佛機是誰發明的？佛號計數器充滿
　世俗卻又聖化的物品。母親將要前往的遠方
　有阿彌陀佛來引渡一般。南無南無，回不去

南方的母親，得一心闖入阿彌陀佛的國度，一個
無法偷渡的淨土。南無，南摩，皈依禮敬。佛號播放
驅走這寂靜的方寸之地。相信，佛號，能讓鬼變護法神

・看著被時間折磨的母親肉體
　無法做任何事，進食／排泄
　排泄／進食，睡醒醒睡⋯⋯

　呻吟的夜，凍結的肉身
　悄悄走進來的夜，不再偷竊
　金錢與財寶，而是偷取色身靈識

　重生的母親，母女將無法再相認
　重生的跋涉路程泯滅了痕跡
　曾經哭泣相聚，現在哭泣
　分離

・看護工面對的每個時刻
　就是無常的抵達之處
　病體隨時都在變化
　身體緊貼著唯一的方寸之地
　是電動床。這貼著心的疼痛

・在母病這座圍城裡
　只有手機與世界連通
　另類封鎖的變形
　（後來迎來真正的封鎖，武漢肺炎，到處封城
　動物病毒把人趕回籠子，就像疾病把母親關在床上。）
　疾病的隱喻。母親身體臥床但意識仍擔心著我
　我得趕快把我的現實照顧好，以安慰她

　房間窗簾是風信子的圖案
　紫色的夢，夏日烈焰後的
　雲彩，梵谷的哀愁

・我從沒想到我會成為看護工
　而且做得還不錯。當然，那是
　因為照顧媽媽之故，如果我照顧的
　是陌生人？就不得而知了。也許我也是
　另一個必須無感度日的
　阿蒂

・每一天醒來，哪裡也不去，哪裡也去不了
　這種感覺反而因為限制而篤定，或說是死心
　實驗全職看護工四十五天都不出門，我的食物叫外送

母親所需物資也早備下。出關時，若突然站在
城市的繁華街頭，會是什麼感覺？等我出關再來想，但有些
感覺並不陌生，大學時我也曾在寺院三個月，但仔細回想在
寺院其實過得頗愜意，甚至有點逃避現實愛情追殺之感。
而現在不一樣，每天起來都有不同的狀況，心情更是天壤之
別。現實，才是淬鍊之地
但現實要成為淬鍊之地又必須先有寧靜致遠的能量，否則還
沒被現實淬鍊，就先被現實吞噬了

- 看護生活，我的新秩序
  就像在打禪七，所有的一切
  都關乎時間表，暮鼓晨鐘
  入座下座。經常失眠，晨眠
  現在不能賴床，趕著七點半
  起床磨藥餵食。想睡再倒下
  我逐漸，變成分段的睡眠者

- 和母親一起閉關
  日夜不分，不分離
  沒出門。但手機常響
  阿蒂打來。深怕，我
  不要她了

· 母親是我的老嬰兒
　我在為她閉關，彷彿坐月子
　不用麻油雞，不用油飯紅蛋，只需
　佛伴我與母親的母女同居時光。我在
　不動如山的母親身旁蜷曲如蛇，練瑜伽

　整整七個年頭過去了
　母病成了一所大學
　母病時間讓我彷彿讀博士班
　母親若能早點離苦得樂，我也
　可以早點畢業了，生死學分
　永遠，不需要學位的

· 一個人跟一個人，我喜歡一個人
　母親喜歡跟一個人，那個人是我
　我一個人，自此揹著想跟我的人

· 這高熱如發燒燙灼的記憶
　是唯一會傷人的東西
　除此，有母親在，都是
　甜美的，即使在苦難現場

．母親生病這幾年，我跟著到處疼痛
　許多地方疼痛著，且是劇烈的疼痛
　脊椎第三四節壓迫，椎間間隔變短
　坐骨神經曾經有很長時間必須復健
　痛到無法走路時得吃止痛藥，接著
　冰凍肩連動都不行，右手治好了
　換左手。開始沾粘，骨肉沾粘。且
　嚴重過敏，粉塵灰塵花粉，還有
　對愛過敏，對情慾過敏（或說無感）

．彷彿時間停滯的生活，等死的日子？
　不，是充滿愛意的救贖時光，當母親的看護工
　使我從一個漫遊者轉成定錨者，從日夜顛倒的夜貓
　轉成晨起慢步的狗，從一個散漫的人變成一個有紀律的人
　迎面現實，直面困難，我的智商情商時商，逐漸穩定且攀高
　加速推進，我的蛻變
　謝謝母親
　被凝固的宅日子
　彷彿流動的只有眼前
　餵食母親的管內牛奶或者
　管外的屎尿，還有我總是
　突如其來淚光閃閃的汩汩流動

321

・子女希望父母在，父母就是力量
　情愛的對象若倒下，無法承受愛人的身體面形
　因為關乎愛人的回憶都是英姿或美麗，難以承受
　情愛對象的身體變形。但父母不同，父母再變形
　都是安慰，安慰自己，不是孤兒

・我在暖化地球
　妳在極樂星球
　妳那邊幾點？
　希望這是以後
　和母親的對話
　在不同時空與維度下
　以意念交流。這是
　第幾意識？

・讀《母獅的懺悔》
　我應該可以寫一本女兒的懺悔
　我懺悔甚多，流的眼淚應如四大洲
　的海水，應可覆蓋宇宙海龍王的龍宮

・從寫字中，經常抬頭巡視

母親是否安然？
母親用她尚可動的左手
將被褥拉至下面，不經意地我抬眼
就和她裸露四年沒曬過太陽的雪白
胸膛對望，母體蒼白，如絲綢的白亮
照映著胸膛之外的其他皮膚有如龜裂的土地
發皺如乾涸之川。我警醒如犬，看護工之必要
但也要休息如貓，得空打盹，這也是看護工之必要

· 點燃
　安息香
　母親
　請安息
　安好眠

· 那時，返鄉的阿蒂又打電話來
　返鄉的她電我說說話，彷彿要我勿忘她
　我想她是怕被我解雇，畢竟我這個看護工
　照顧母親頗能勝此大任，若非我經常需要外出
　打工（教學或擔任評審工作攢錢），其實我是可以
　不需要她的。蘇門答臘的小島偏鄉，網路不佳
　經常跳躍，斷訊。但她仍電話打得勤，或者唯恐

我把她偷偷換掉。或者她也怕她來台所遇的最好
照顧的阿嬤突然離開？但她也常不解為何我們要耗費
心力照顧一個臥床如此久的老人，她常說阿嬤在她的
國家早就走了，因為，蘇素很貴，藥藥很貴

我這個看護工不是移工，是女兒賊
我喜歡女兒賊這個詞，女兒回母親家
總是會大包小包帶回娘家的人，我這個
女兒賊以前回去看母親也是大包小包的離開
離開的女兒不是回到夫家，我沒有夫，只有文學
媽媽是怕這個女兒餓著了，寫字忘食，寫字忘婚

‧如果我是阿蒂，這個時候我也應該
　在和家鄉人視訊，手機陪伴異鄉人
　卻陪不了我這個原鄉人

‧母親出生沒多久，她的媽媽就往生了
　她的父親很少出去賺錢，騎著鐵馬
　到處在村子裡打游擊（但外公會做木屐）
　外公說穿木屐好攢食，金銀珠寶滿大廳
　媽媽說，聽他的，懶人一世。我穿著外公牌
　木屐，踩得金銀咖咖響，以為這是我的玻璃鞋

母親曾不喜她的父親，但卻感傷無緣

與她的母親相識，即使只是再看一眼都好

我何其有幸，母親讓我看她千百回，從不

厭倦

‧起初幾年為了不讓她躺成了靜態標本

　我把她扛進自己的轎車裡，好在車子

　高度頗寬，搭車出門不再是去醫院看醫生

　我帶她，去寺院看神，看海。我們一起看海

　看父親年輕的海，屬於我們的海。生病前的母親

　很少看海，海太戲劇，太憂傷，她不喜歡任何憂傷

‧母音女兒音，勝彼世間音

‧腳龜裂了，塗上凡士林

　幫媽媽剪指甲。昨天剪手

　今天剪腳

　得經常幫媽媽修剪指甲

　一點都不能長長，稍微長一點

　她會抓傷自己，因不知力道輕重

　她的皮膚非常脆弱，就像，嬰兒般

像絲襪，輕輕一劃就破皮，破皮難好
褥瘡與壓瘡的傷害，大軍迅速兵臨城下
不該抵達的抵達

．七年來，我只和
　母親約會，約會地點
　從來不變，沒有咖啡
　但有淚水

　喘息時光必須一個人
　或者抄經，這是調節憂愁的良方
　或靜坐或散步，調整呼吸節奏，放空
　照顧者要設立身心逃生口，為了走長遠的路
　為了應付無常，每天都可能發生的突如其來的變化
　有一種吳爾芙似的感覺，就算只是活一天，那也是
　相當相當危險的

．我的流浪旅程的終結者，母親
　她終結我的流浪，終結我的靠河居所
　終結我的購買慾，終結我的感情路
　但往昔母親也是我的首發站，她的嚴厲
　經常驅動我出發去遠方，她使我有韌度

有彈性，她使我從芭比娃娃變成金剛芭比

金剛斜槓女

· 母親啟動了我對晚景的想像

我竟開始想著「不寫」這件事

（或說想著為何而寫，為誰而寫？）

開始有巴托比症候群徵兆：太完美主義

以至於無法落筆。一直在尋覓題材，所以

無法寫下。盛名所累。江郎才盡。覺得再寫

若無新意，就是在重複自己。出一兩本書之後

若沒有受到評論重視或被讀者青睞，也會想銷聲匿跡

被現實壓迫而導致創作停擺。因失去至愛過於悲傷而

無法再提筆寫作。我的症狀屬於哪一種？

總之，我開始得了巴托比症候群

巴托比，芭比

《巴托比症候群》好看，虛構小說

彷彿是一部集合各種「不」的小說

陪伴我的除了受難的母親，還有

受難的創作者心靈

．封鎖，我心封鎖，封鎖他者
　不是因為冷酷，恰恰因為慈悲
　我進入封鎖某些記憶的時空隧道
　生命隧道很窄，自此只容得下我想
　榮耀的人，我的母親，以及我的
　貴人們，我的佛菩薩

．時間轉大人，大人轉老人，老人轉成
　鑲在骨灰罐上的肖像。開始看著母親的
　每一張肖像，尋找一張沒有苦樣子的柔美
　大頭照。還沒有找到，也許我該找張圖來修
　希望，母親微笑，在人間在淨土

．網站店家多半有代稱
　某個回應我的代稱寫
　遲日江山頭，春風花草香
　很想認識這個代稱

．您好，我是物流客服，很高興為您服務
　我隨意問了物品何時可以到貨，私訊字幕跳出
　好的，小仙女，小二這邊，馬上幫小仙女查詢喔
　我成了小仙女，沒有魔法的仙女。發送訊息者不知

我是個看護工，我渴求仙女棒，劃過璀璨夜空的
星火即使短暫

・我經常喃喃自語，跟植物說
太脆弱的別跟著我，彷彿這也像是
母親在對我的耳語，提點。慢慢知道
自己可以養什麼植物，除仙人掌是確知的
其餘都通過了時間的考驗，尤加利金錢樹
虎尾蘭萬年青……養了不麻煩
朋友建議養塑膠盆栽，永不凋零
（但沒變化不是我要的）

・從此，要當空氣鳳梨
只要一丁點空氣就可以
活下來的新物種

・母親在夢中說：是妳寫下我的沉默
在灰翳而靜謐的氛圍裡，我就這樣度過了
看護工的生活。度過冬至，看著圓圓胖胖的湯圓
在水中煮沸翻滾的樣子十分可愛俏皮，我幻想著窗外
有雪景，猶如紐約生活重現。從華人街中國食堂買回的
冷凍湯圓，當年也是因為母親從遙遠的台北打來一通電話

突然說起要吃湯圓了，冬至要到的訊息。於今的母親，封閉的
嘴巴，乾乾淨淨，落個天地無憂，唯獨女兒憂

‧撈起湯圓，我最喜歡挑有桃紅色的湯圓吃
　像是桃花喜慶。搭配煮好的紅豆湯，一個人
　緩慢吃著，吃著，一顆顆湯圓，彷彿是
　為母親掛在手腕上的念珠。母親手腕上即將
　再添一串，一年一串，新年時到佛堂拜年
　都會獲得一串的祝福，我返家立即掛到母親手上
　瑪瑙菩提子青金石蜜蠟……要掛多少串，才允得
　母親好上路的諾言？

‧冬至過後，接著要過耶誕節新年
　早已備好的仙女棒，即將啟動
　一個人的假期，一個人，跟一個人
　童少我跟她，老年她跟我
　發明仙女棒的人是誰？好能
　解憂。璀璨的煙火，河岸
　新年寂寥

‧盯著我這雙平時拿筆的雙手
　轉為拿棉花棒、清著連著母親胃管

代替食道的小小塑膠管線，輕盈得
無比沉重

．幫在床上的母親洗頭
專為床上洗頭用的塑膠平盤長得很像是
童年在水上樂園玩的戲水道模型，尾端處
有個像戽斗的出水缺口。準備一桶清水、一個
水瓢，一個用來接洗過的水，強力吸水毛巾、吹風機
嬰兒洗髮精。照顧老人某種程度和照顧嬰兒應該差不多吧
沒有專為老人用的東西只消改買嬰兒用品也都可以成立，唯
獨尿片難，因為幫寶適巨嬰無法使用，包大人上場

．幫母親洗頭也有點像是在美髮院躺著
被洗頭的感覺，輕輕搓揉著，母親表情安寧舒服

．中風後的母親微笑起來很像彌勒佛，嘴角不聽話
無法輕易上揚，但很奇怪會有一種獨特的笑容，是那種
別人看不出來在笑，只有我能辨識的笑，母親專為女兒的笑
容像月光，星子銀河，幽微而神聖。母親偶爾出現這種奇異
的笑容時我都會用臉頰輕觸著母親，告訴她。我明白，我接
收到了

‧表面上我在勞役。但實則我心靈正陷入
　巴托比症候群的初期徵兆
　顯現
　但尚未，陷入
　泥濘

‧母親是我的一千零一夜
　故事長到了我的嘴巴
　日夜輪轉，我成了一個在床畔
　說故事的人。沒有羅曼史，沒有謀殺案
　沒有推理劇。這故事，只有母親聽得懂

‧在醫院拿藥時，聽見有照顧失智者說起
　她老公經常把自己叫成媽媽。老公每次離開家
　竟對老婆說，媽媽我要去上學了，老婆哭笑不得
　最初以為是老公在變鬼變怪，搞笑搞飛機，後來才知道
　老公失智了，時光往後退後，竟變成小學生

　但女性失智者
　卻多半把老公
　視為陌生人

畫家朋友老年失智開畫展時
遇到女兒竟相逢不相識，還問
她是哪一個報社的？女兒聽了啼笑皆非
她的表情是笑的，但轉頭卻對我悲戚地說
真不知何時連爸爸都不認得我了，好難過

真不知何時，如此難以預測的無常
我深有同感，但事實上無常曾提前埋下
訊號，只是我們視而不見或心存僥倖。我忽然
想著母親還沒倒下前，就曾對我說呷老會痚（漏）尿
我聽了只是買衛生棉給她，就像少女生理期時母親也曾
遞給我衛生棉般輕易。她又說老了肛門鬆了，老了腿彎了
老了眼睛昏盲了，老了心臟弱了，老了頭殼壞了……老了
老了，不受用的身體，呷老逐項壞。老了每樣器官都發出警
訊但我彷彿沒聽見她的抱怨，只是繼續陪她假日喝杯咖啡
看著窗外風拂葉落，彷彿不幸，永遠不會來到

語言是她最銳利的一部分
就像武士身上的佩刀
我不斷地想著她怎麼倒了下來的
她怎麼就在我僅僅只是轉身時就
自此衰敗了下去？

我朝畫家女兒發出一個同理
但應該帶著慘澹苦楚的微笑
她看著我淚光閃閃的瞳孔
突然抱了我一下

· 在疾病的房間，身體有如
沟湧海浪上面臨解體的船，在即將
解體前，母親航進我的港灣，她最鍾愛
卻到老還在為她的獨生女煩憂，她沒想到
她最擔憂的女兒其實是最不需要她擔憂的
獨立人種

· 換過尿布，將藥抹成粉
注入鼻胃管管線，看著藥粉化為液體
被母親的胃吸收殆盡。未久，難得地母親
進入沉睡之海，面部線條放鬆柔和，我望著
知道這時，我可以回到自己了

· 一個人獨守病房月餘
我夜晚忽然想去看海
開車遊晃，穿越城鎮

和機車族錯身
前往夢中的海龍王龍宮

深夜，十五號公路
右方是海潮洶湧的冬日
左邊是快速道路陷入的午夜孤寂
無人的寬敞道路零星駛來的車燈
瞬間照亮了如絲絨的深黑
我的腦海閃過
之前在母親房間拜懺的字句
如魚吞鉤，不知其患
如蠶作繭，自纏自縛
我的前半生大概都是這種狀態
直到母親倒下，我才看見自我的
迷失

看了大海之後，心滿意足讓海潮音灌滿耳廓
然後往有母親的方向奔回。轉開鑰匙，開門瞬間
就聽見母親沉睡大海的濃稠呼吸聲時，我放心關上門
躡手躡腳躍回她的床畔，看見夢飄飛在天花板
賣夢的人，只有夜神收容她

‧清完大便之後，等我吃飯時
　好像再好吃的食物都變得無味
　食物入喉三分變成屎

‧時間轉瞬，阿蒂終於要回來
　我這全職看護工
　將要轉成兼職的看護工與陪病者
　想像阿蒂在她的原鄉也開始進行
　離別前夕的準備，她的眼淚，她的
　家人的眼淚，她的印尼的島嶼，海水
　撞擊岸邊

‧波特萊爾四十六歲時中風
　陷入失語的癱瘓狀態
　詩人失語，如武士
　被打趴

　一個萎靡且著魔的人
　不可能創作的
　活成流浪者的詩人
　如一抹剪影

‧ 我這個寫作的職業病是
　經常淪為臥底者，人情世故的
　情報站。女兒當看護工的職業病
　是得了媽媽手，冰凍肩，坐骨神經痛
　過敏，頭痛，失眠，傷眼（流淚太多）

　卡夫卡曾用單身男子稱呼自己
　形容對單身男子而言，就是明白了
　單身的存在並不大於雙腳駐足的面積
　腳下愈來愈小的空間，不僅看見且釋懷
　就像人死後，裝著棺材的空間成了僅有的方寸
　義大利稱單身男子為斯卡波羅scapolo，台灣稱
　羅漢腳

‧ 母親走過地獄路與天堂路
　只是我無法進入她的腦中
　取得未來訊息

‧ 韓波說，我來自一個死後的世界
　這也是母親的世界。我一邊聽著窗外的雨水
　打在玻璃窗外與河水上。一個又一個下著雨的
　冬日，哈利路亞不斷被放送的十二月底。與母親

最後一次出遊搭巴士也是在十二月底，神的生日
和母親同往南方。電腦裡有那回出遊的檔案照片
母親笑得像是開喜婆婆。但那天母親一直叨念我
身上穿的衣服很醜，後來我們吵嘴，彼此說再也
不同遊了。幾日後，果然沒再同遊了，而是同在
一艘求生船，渡彼岸的船，風雨飄搖

．有五年沒聯絡的朋友敲信來問
我還在那裡嗎？
不知道他的那裡是指哪裡？
是對他的感情還在那裡還是指
我的人還在那裡嗎？感情從來
不會停頓在原地，隨著時間
移位，土石流般的感情

我以前常聽的moby魔比的歌
原來他的祖父輩竟是小說家梅爾維爾
白鯨記，影響深遠。但小說家當年印了五百本
只賣掉幾本，且剩下的書籍還因出版社發生火災
而付之一炬。喘息時間，我邊喝星巴克咖啡，邊想著
白鯨記，小說角色之名，成為咖啡館的傳奇之名

．在母病的門口，空空然，只有快遞說著
　有妳包裹的聲響。因長年寫作養成的孤獨使然
　朋友漸漸成了特別款，訂製款，再也沒有基本款
　母親的朋友更是化空，久病有女兒，久病沒友人

　佛陀問疾，來到老比丘自修山洞
　當其餘弟子聞到惡味不敢進入時
　只有佛陀輕聲細語走進，掀開覆蓋在病重
　老比丘的毯子，只見膿瘡膿血布滿全身，只餘眼睛會動
　嘴巴會呻吟，佛陀舀水親自為老比丘療傷，且待老比丘日漸
　康復才離去。我也好想有佛來問疾，替母親療傷。然而七年
　過去了只有風來，雨來，淚來。但佛陀沒來，讀佛經的女兒
　應也算沾了點邊。問疾，護疾，慰疾

．和母親史無前例的親密日常
　除了曾一起晨光游泳外，就數現在了
　當年的母女日常，一起游泳，吃早餐，聊些事
　多年來我對母親施加予我的成長壓力語言，陰暗的
　流徙生活，在那夏天的游泳池裡，被水給洗滌了

．我想這七年光景
　就是學習求生時光

・煙火倒數，和母親一起跨年
　點燃沒有仙女來到的仙女棒
　每一年都是紐西蘭的人最快老去
　他們最早迎接新年，最先長一歲
　最先老去的人。時間不是公平的

・千禧年，我曾在跨時區的斐濟島
　感受分裂的時間。我一腳在昨日
　一腳在今日。地球最先看到日出的
　地方，讓我看見時間換日線的虛幻

・寫下看護的每一天，都只能是碎言碎語

・每一天我的好友是看護墊濕紙巾殺菌液尿片
　老人的身體很重，靈魂很輕，因為都遺忘了

・母親等待進入中陰，死後還重生的中介世界
　中陰的母親將有神通，記憶且將是生前的九倍
　於是她將記起女兒對她的好，愛她護她的每個
　時時刻刻

．窗外的紅樹林是最堅強的物種
　海水的鹽分侵蝕不了它，被海水
　淹沒時也能呼吸，每個觸鬚都是呼吸管
　時間也把我演化成一尾雙鋸魚，可以因應
　環境需要而改變性別。或者我逐漸長成像是無性別的魚
　一心一意專心成長的物種。情之所鍾，只懸於母親的生死
　我的寫作，我把外界關起門來

．這個老房子到處都是聲音
　風從磚房的縫隙滲進
　和我說話的風，漂浮母親星際
　電動床的唯一訪客

．專職看護工進入尾聲
　即將轉成業餘，阿蒂將回
　母親又多了一個守夜人，但阿蒂
　夜晚都睡得極好，她不用學習不執著
　就可以不執著，因為母親不是她的母親

．每天醒來，哪裡也不去的專職看護工
　即將成了作家的回憶資產
　這種專心一志，往後難再現

七點換尿片七點半餵餐前
八點餵牛奶八點半餵飯後藥……
我過的日子像出家人的暮鼓晨鐘
只是我的裡面住的不是佛菩薩
是母親
但說來父母也是佛
更是該孝敬的佛
孝順是菩提樹的根
沒有這個根，一切慈悲
都是空話

‧十八歲的時候我一個人來到了淡水
　在一個秋風起兮的時刻，透過巴士的
　窗戶看見母親逐漸縮小。童年遠去
　母親走來

‧不再渴望，沒有病生

‧回首張望這一段彷彿生命
　處在廢棄太空站的漂浮狀態
　所有的懸浮物都不知何去何從

這段時日既充滿凋零之姿也滿載

意義豐饒的螢光記號，或許這段和母親

在醫院打游擊戰的日子，將成為好幾年的

征戰歷程，但我知道陪伴母親的這歷程抵得過任何

更吸引我的故事，因為母親的本身就是女兒的故事

一種還原過程，不需要萃取，就可以

躍出的感官風景

‧當煙火燦爛，心如處關房，而歲月已逝

窗外倒影的河水，都是明明白白的空寂

母親的呻吟，轉為女兒贖罪之路的禱音

每晨初曦眼睛一張

都是夜夢的往事

每日清創傷口的血水都是

無常的窺探

每日把屎把尿的痼疾都是

蜜蜂的舞踏

每日管灌的奶水藥液都是

重生的印記

每日擦身拭體的溫柔都是

感恩的儀式

每日抽痰拍咳的陣響都是

死魔的咆哮
每日手腳按摩的節奏都是
變形的啟示
每日翻身拍背的手感都是
褥瘡的天敵
每日床單的抹香替換都是
天女的撒花
每日沐浴的勞役雙手都是
活著的饋贈
每日洗頭的白髮搓揉都是
諸神的提點
每夜催眠的搖籃曲目都是
菩薩的慈悲
都是都是，都是
看護工的詠嘆調

・我是繼承苦痛
　且將之昇華的
　提筆者

・毀壞如斯，珍藏如斯
　母親這一病，讓我看見

我的起源處。想起源頭
使人平靜。在沙漏將盡
之時，每一粒沙都將看見
大海的來處。母親是我的大海
我的來處。母親予兒女授體之恩
予命之恩，她為我的苦行（病）之恩
教導之恩。形塑，我生命最初最末的
洪荒，開成一座以淚以愛灌溉的
歧路花園。時間過去我從歧路走出
沾滿了如霧的深淵，如霧的過往
潮濕，漫漶

・拉上窗簾
　門關了
　送別母親
　訣離這間
　愛與哀的病房

・看護工業餘人生
　畫下
　圓滿的
　句點

・真正的告別
　是一種訣離

母病三部曲
之圓滿篇

也許很久之後，當媽媽變成灰之後的之後，我才會明白原來當時我眷戀一殯26號房的媽媽。是因為媽媽雖死，但女兒卻猶有形體可依可戀的最後執著。

在悲劇裡看見希望的陰暗空間，就像托爾斯泰筆下的復活。臨終的和解與希望的綻放還是讓人看見復活，寫復活的托爾斯泰卻總是在寫死亡。

就像很多人總說我不斷地寫纏繞，實則就是為了釐清。寫悲傷就是要拋擲悲傷。

和解與希望，救贖與召喚，讓母親復活，藉著書寫。
此後，女兒安心，母親安魂。

托爾斯泰年輕還是個浪子時看過死亡之後逐漸轉變成一個聖者，勿殺，是他一生的理念，只要能讓那個人求生，他就要幫助那個人活下來。

聖者，勿殺。但為何遠方傳來戰爭殺戮？

曾經，年輕時我在腦麻病院當義工，在陰暗空間裡，看著變形的孩子，臥床的孩子。年輕時的我，未滿二十就被慈幼社社團帶去那個靠近出生又靠近死亡之地，原來那時候我就撞見了死

神，看見了托爾斯泰，遇見了未來晚年的母親。

但那只是吉光片羽的感悟，很快地就會生活在神的領域與俗世快樂的誘惑兩端裡，被夾殺的青春，提早老化的靈魂。

看過那些腦傷身傷與癌童的孩子之後，我就注定了逐漸磨掉一些質問扣問世事稜角的能力。

冥火燃燒，世界彷彿濃縮成狂駭的集體受苦樣子。
從此，我知道我這個寫字人，將進入我後半生的某種僧院生活。僧院只是一個表法象徵，只是提醒著我自己的承諾。實則紅塵是僧院，僧院也是紅塵，半僧半塵，一直就是我腳下揚起的塵埃。

不知過了多久，媽媽魂魄現身，穿牆來到，幸福里，她的舊居。夢中的她，不在地府，在凡聖同居處，坐在候補佛位處。
媽媽取得候補佛的資格了。
我會保護妳，媽媽說。
我的睡眠追蹤APP記錄了我在這段夢中的自言自語。
來自天界的，靈界的，結界的。
我流淚醒轉，微笑。
夢中，母親已然脫離苦海。

要放手的原來是女兒。

遲來報信，花開最末
七年相守，百日訣離

七年，以文字開成〈母病三部曲〉
《捨不得不見妳》懺悔
《別送》哀悼
《訣離記》承諾
黑暗終是消殞
天總算亮了
黑暗會再來
但再來，也是
率眾星璀璨
而來

曾一心為母親眺望遠方的神曲
七年，竟就轉瞬而過，寫此書
致謝你們，衷心感謝讓我撐過
這麼多年的所有人，貴人們
是你們讓我的黑夜星光燦爛

是你們讓我那舊時的淚水奔向太陽
燃燒，讓我對你們的心從此火燄飛舞

記得尋找幸福的樣子，記得
吃早餐看親人的眼眸，記得流浪後
要找到回家的路，有一盞愛的燈火
為你亮著，有我為你祈福

你們，擁有綺麗的好年
就是，我最明亮的新生

（這本札記，是在母親亡後的喘息縫隙與淚水模糊中寫就的碎
片碎語，是從苦處開花，緩慢結出甜果的。歷歷刻痕，只為
致謝這一切與獻給受苦的人……）

我已扛過這痛苦而美麗的一役。

智慧田 119

訣離記

作　　者｜鍾文音

出　版　者｜大田出版有限公司
　　　　　　台北市一〇四四五中山北路二段二十六巷二號二樓
編輯部專線｜（02）2562-1383　傳眞：（02）2581-8761
E-mail｜titan@morningstar.com.tw　http://www.titan3.com.tw

總　編　輯｜莊培園
副總編輯｜蔡鳳儀
行政編輯｜鄭鈺澐
校　　對｜黃薇霓／鍾文音

網路書店｜http://www.morningstar.com.tw（晨星網路書店）
　　　　　　TEL:（04）23595819 FAX:（04）23595493

初　　刷｜二〇二三（民 112）年四月一日　定價：四二〇元

購書 Email｜service@morningstar.com.tw
郵政劃撥｜15060393（知己圖書股份有限公司）
印　　刷｜上好印刷股份有限公司
國際書碼｜978-986-179-794-6　CIP:863.55/112000730

① 填回函雙重禮
　立即送購書優惠券
② 抽獎小禮物

國家圖書館出版品預行編目資料

訣離記／鍾文音著 . ——初版——台北市：大
田，2023.04
面；公分 . ——（智慧田；119）

ISBN 978-986-179-794-6（平裝）

863.55　　　　　　　　　　　112000730